Alfred Hitchcock
Die drei ???
Stimmen aus dem Nichts

Alfred Hitchcock (1899–1980) zählt zu den berühmtesten Filmregisseuren der Welt. Er gilt als Meister des psychologischen Krimis und wurde zum Vorbild vieler Filmemacher. Neben den mehr als 50 Filmen, die Alfred Hitchcock drehte, war er auch als Autor tätig. Seine Serie um die drei ??? hat längst Kultstatus.

Alfred Hitchcock

Die drei ???
Stimmen aus dem Nichts

Erzählt von André Minninger

Deutscher Taschenbuch Verlag

Weitere Titel von Alfred Hitchcock
bei dtv junior: siehe Seite 144

Ungekürzte Ausgabe
In neuer Rechtschreibung
Dezember 2002
Deutscher Taschenbuch Verlag GmbH & Co. KG,
München
www.dtv.de

Based on characters created by Robert Arthur.
This work is published by arrangement with Random House, Inc.
ISBN 3-440-07380-7
Umschlagkonzept: Balk & Brumshagen
Umschlagbild: Hanno Rink
Gesetzt aus der Bembo 11/13'
Gesamtherstellung: Druckerei C. H. Beck, Nördlingen
Printed in Germany · ISBN 3-423-70739-9

Inhalt

Stimme aus dem Nichts

Der Schrei klang nach purer Angst. Die WC-Tür wurde aufgerissen und eine ältere Dame stürzte mit schreckensbleichem Gesicht in die Arztpraxis. Dort prallte sie mit Justus zusammen. Er fing sie förmlich auf, denn um ein Haar hätte sie das Gleichgewicht verloren. Noch bevor Justus überlegen konnte, wie er die Situation in den Griff kriegen könnte, kam die Sprechstundenhilfe hinter ihrem Tresen herbeigeeilt und fasste der nach Luft japsenden Frau mit geübten Händen unter die Arme.

»Kommen Sie, Mrs Holligan! Bleiben Sie ganz ruhig. Es ist alles in Ordnung.« Die Worte aus dem Mund der Sprechstundenhilfe klangen emotionslos. Als interessierte es sie gar nicht, weshalb die alte Dame derart aufgebracht war. Ihr schien nur wichtig zu sein, dass keine Unruhe im Wartebereich vor ihrem Tresen entstand. Dort saßen die Patienten dicht gedrängt auf unbequemen Stühlen und nahmen neugierig, jedoch wortlos Anteil am Geschehen.

»Sie … sie … war es wirklich!« Die alte Dame zitterte am ganzen Leib. Angstschweiß hatte sich auf ihrer Stirn gebildet. Die Sprechstundenhilfe, Schwester Petersen, führte sie zu einem Stuhl. Mrs Holligan weigerte sich jedoch sich zu setzen. »Die Stimme … ich habe sie ganz deutlich gehört. Meine Schwester … Sie hat zu mir gesprochen.«

»Wo? Auf dem Klo?« Die Frage klang so ironisch,

dass einige der Patienten im Wartezimmer anfingen zu grinsen oder verschämt auf den Fußboden starrten.

Justus versuchte jede Einzelheit zu erfassen, die zwischen der Sprechstundenhilfe und Mrs Holligan ausgetauscht wurde. »Behandeln Sie mich nicht so, als hätte ich nicht alle Tassen im Schrank! Ich weiß genau, was ich gehört habe! Meine Schwester –« Bevor sie den Satz jedoch zu Ende sprechen konnte, musste sie noch einmal kräftig schlucken. »Sie hat ... sie hat zu mir gesprochen.« Mrs Holligans Lippen begannen unkontrolliert zu zittern und ihre Augen blickten Hilfe suchend in die Runde der wartenden Patienten, von denen die meisten jetzt jedoch peinlich berührt ihre Nasen in die ausliegenden Zeitschriften steckten.

Mrs Holligans Augen füllten sich mit Tränen. Justus lief ein kalter Schauer über den Rücken. Er konnte nachempfinden, wie sich jemand fühlen musste, der von niemandem ernst genommen wird.

Mrs Petersen wusste sich jetzt nicht mehr recht zu helfen. Sie eilte mit schnellen Schritten hinter den Anmeldetresen und drückte auf einen Knopf der Sprechanlage. Einige Sekunden geschah nichts. Dann ertönte aus dem Lautsprecher ein Knacken. »Ja, bitte?« Die Frauenstimme aus der Sprechanlage klang kalt und zugleich sehr beschäftigt.

»Entschuldigen Sie die Störung, Dr. Franklin, aber ich glaube, Mrs Holligan bräuchte dringend Ihre Hilfe.«

Mittlerweile hatte sich vor ihrem Tresen eine Patientenschlange gebildet, die ungeduldig auf ihre Rezepte und neue Terminabsprachen wartete, während die Stimme aus dem Lautsprecher abweisend erwiderte: »Ich bin mitten in den Vorbereitungen für eine Hypnose,

Mrs Petersen. Ich schicke Ihnen jemanden raus. Geben Sie Mrs Holligan einen Termin für heute Nachmittag und stören Sie mich jetzt bitte nicht in meiner Sitzung.« Wieder knackte es im Lautsprecher. Die Verbindung zu Dr. Franklin war beendet. Im selben Moment öffnete sich die Tür zum Sprechzimmer und eine Frau im weißen Kittel ging zielstrebig auf Mrs Holligan zu, die erschöpft auf einen Stuhl gesunken war. Das Namensschild wies sie als Dr. Miller aus.

»Mrs Holligan, was bedrückt uns denn?« Ruhig und entspannt ergriff die Ärztin die Hand der Patientin und zog ein Papiertaschentuch aus ihrem Kittel. Dankbar faltete Mrs Holligan das Taschentuch auseinander, rieb ihre Augen trocken und putzte anschließend mit einem lauten Schnauber ihre Nase. Dann zeigte sie mit zitternden Fingern auf die WC-Tür. »Ich habe es mir nicht eingebildet. Auch wenn Mrs Petersen anderer Meinung sein sollte. Ich habe sie tatsächlich gehört. Sie hat mit mir gesprochen. Und ich habe sie so deutlich verstanden, wie ich Sie jetzt höre.«

»Moment, Moment …« Dr. Miller schien irritiert und versuchte einen Augenkontakt zu Mrs Petersen herzustellen. Doch diese widmete sich nun voll und ganz den Patienten vor dem Tresen und blickte von ihrer Arbeit nicht mehr hoch.

»Sie glauben mir nicht. Niemand glaubt mir!« Mrs Holligans Augen füllten sich wieder mit Tränen. Justus spürte, dass sie ein weiterer Weinkrampf befallen würde, und entschloss sich einzugreifen. »Sollten wir nicht mal auf der Toilette nachschauen?«

Nachdem er diese Frage ausgesprochen hatte, herrschte für einige Sekunden peinliche Stille. Dr. Miller reagierte als Erste. Ihre ohnehin schon dünnen Lippen verengten sich zu einem schmalen Strich, bevor sie Justus scharf anfuhr. »Ich denke nicht, dass Sie sich da einmischen müssen, junger Mann. Mrs Holligan befindet sich bei uns in ärztlicher Behandlung. Sie sollte sich einige Minuten ausruhen und alles andere Dr. Franklin überlassen.«

»Aber der junge Mann hat Recht!«

Justus fuhr erschrocken herum und blickte in das entschlossene Gesicht eines älteren Herrn. Unter seinem rechten Arm klemmte eine Aktentasche, die seine knochigen Finger mit festem Griff umschlossen. »Wieso packt man das Problem nicht direkt beim Schopf und sieht ... ähm ... auf der Toilette mal nach?«

Offenbar gefiel es Dr. Miller gar nicht, dass ein Außenstehender ihre psychologische Kompetenz in Frage stellte. »Mr Brian«, begann sie, »Sie haben sich doch einen Termin bei Dr. Hendrixen geben lassen, oder? Wir alle wissen, dass er für allgemeine Medizin zuständig ist. Sie sind bei ihm Patient, ebenso dieser junge Mann hier.« Mit ihrem langen Zeigefinger deutete sie auf Justus. »Diese Patientin jedoch«, der Finger veränderte seine Position um 90 Grad und zeigte nun unmissverständlich in Mrs Holligans Richtung, »unterliegt ausschließlich Dr. Franklins Obhut. Überlassen wir also der Spezialistin die Entscheidung.«

Justus warf einen Blick zur Tür von Dr. Franklins Sprechzimmer und sah auf das Schild, auf dem die Bezeichnung ›Psychotherapeutin‹ stand.

Dr. Miller schob ihre Goldrandbrille auf die Nasenspitze und warf dem Herrn mit der Aktentasche über ihre Brille hinweg einen wütenden Blick zu.

Es herrschte bedrückendes Schweigen unter den Patienten. Plötzlich erhob sich eine junge Frau von ihrem Stuhl, schob ihren neben sich stehenden Kinderwagen zur Seite und ging gezielt auf Dr. Miller zu. »Ich weiß zwar nicht, was sich vor wenigen Minuten hinter dieser Toilettentür abgespielt hat, aber zumindest interessiert mich das weitaus mehr als von Ihnen hinausposaunt zu hören, wer bei wem in dieser Gemeinschaftspraxis in Behandlung ist!«

Dr. Miller öffnete ihren Mund und war im Begriff, die junge Frau in ihre Schranken zu verweisen. Doch dazu kam es nicht, denn die Frau ergriff selbst die Initiative und steuerte direkt auf die Tür zu, an der ein Messingschild mit der Aufschrift ›Ladys‹ angebracht war. Auch Mrs Holligan erhob sich von ihrem Stuhl, um mit besorgtem Gesichtsausdruck der jungen Mutter zu folgen, die die Klinke der WC-Tür schon in der Hand hatte.

»Gehen Sie nicht allein!« Ihre Stimme klang brüchig. »Ich flehe Sie an!«

Mit einem Lächeln deutete die Frau auf ihren Kinderwagen. »Passen Sie solange auf meinen Jüngsten auf. Und wenn ich hinter dieser Tür tatsächlich Ihre Schwester antreffen sollte, dann bin ich gespannt zu hören, wie sie sich die letzte halbe Stunde die Zeit vertrieben hat. So lange sitze ich nämlich schon hier im Wartezimmer. Und außer Ihnen hat seither niemand die Toilette betreten.«

Justus sah zu Dr. Miller, deren Mund noch immer offen stand, und schob seinen beleibten Körper an der sprachlosen Ärztin vorbei. »Warten Sie. Ich gehe mit!«

Aber so leicht gab sich die Ärztin nicht geschlagen.

Ihre Gesundheitsschuhe klapperten energisch über die Fliesen und gaben ihrem herrischen Wesen die passende akustische Untermalung. Sie erwischte Justus am Pullover und zog ihn bestimmt zurück. »Auf der Damentoilette haben Sie nichts verloren! Ich werde mitgehen.«

Als wäre dies eine Aufforderung gewesen, erhoben sich zwei weitere Frauen von ihren Stühlen und näherten sich neugierig dem Raum, dem in den letzten fünf Minuten die größte Aufmerksamkeit gegolten hatte. Sie blieben jedoch vorsichtig davor stehen und spähten hinein.

Feuchte Hände

Im Inneren des WCs blieb alles ruhig. Justus' Ohren waren wie eine Parabolschüssel auf die Damentoilette gerichtet. Er vernahm nur das Klappern von Dr. Millers Sandalen. Dann herrschte für einige Sekunden Stille, bis Justus plötzlich die Ärztin hörte. Dr. Miller sprach zwar leise, doch Justus' geschulte Ohren konnten jedes Wort verstehen. »Ich kann Ihre Gefühle gut nachempfinden, junge Frau. Man sollte selbstverständlich in jedem Fall einer solchen Sache nachgehen. Bei dieser Patientin verhält sich die Lage jedoch etwas anders.«

»Was soll das heißen? Leidet die Patientin unter Verfolgungswahn?«

Die Ärztin räusperte sich. »Das ist nicht so einfach zu erklären. – Wie Sie sehen, befindet sich in diesem Raum nichts, was für eine Damentoilette ungewöhnlich wäre. Und schon gar nichts, was auf eine fremde Stimme schließen ließe. Wir können also beruhigt sein. Und Dr. Franklin ist eine anerkannte Expertin, geradezu eine Koryphäe auf ihrem Gebiet. Sie wird der Patientin sicher helfen können. Bisher hat sie schon großeFortschritte erzielt, das müssen Sie mir glauben.«

»Von fremden Stimmen kann hier aber nicht die Rede sein.« Die junge Mutter schien sich mit Dr. Millers Erklärung nicht so schnell zufrieden zu geben. »Erwähnte die Dame nicht, dass es die Stimme ihrer Schwester war?«

»Junge Frau, wer hier, aus welchen Gründen auch

immer, bei wem in Behandlung ist, darf ich leider nicht hinausposaunen. Auch Ihnen gegenüber nicht. Es tut mir Leid, aber das waren Ihre Worte. Wollte ich genauer auf Mrs Holligans Probleme eingehen, dann würde ich das Vertrauen unserer Patienten verletzen. Ich hoffe auf Ihr Verständnis. Wie Sie außerdem festgestellt haben, finden sich keinerlei Anzeichen, dass hier ein Unbefugter, der die Patienten erschreckt, versteckt sein könnte. Das wäre ja lachhaft. Hier ist nichts! Ich kann Ihnen nur empfehlen dieser Dame nicht allzu viel Glauben zu schenken. Sie ist psychisch krank. Mehr werde ich dazu nicht sagen.«

Justus warf Mrs Holligan einen raschen Blick zu und hoffte, dass die alte Dame, die sich inzwischen zu ihm gesellt hatte, die abfällige Bemerkung nicht gehört hatte.

»Und?« Skeptisch und erwartungsvoll zugleich blickte Mrs Holligan in das Gesicht der jungen Mutter, als diese zurück in die Arztpraxis trat. Zu mehr als einem Schulterzucken war die Frau jedoch nicht fähig.

Zu gern hätte Justus die Räumlichkeiten der Damentoilette selbst inspiziert, doch in diesem Moment trat Dr. Miller aus der Tür und zog sie mit einem demonstrativen Ruck hinter sich ins Schloss. Dann wandte sie sich an die Sprechstundenhilfe, die hinter ihrem Tresen noch immer mit der Patientenschlange beschäftigt war. »Mrs Petersen, geben Sie Mrs Holligan für heute Nachmittag einen Termin bei Dr. Franklin. Sektor 7 blau.« Mit diesen Worten verschwand die Ärztin hinter einer der vielen Türen der Gemeinschaftspraxis.

Mrs Holligan nahm schweigend den Zettel entgegen, den ihr die Sprechstundenhilfe über den Tresen reichte. Mit langsamen Bewegungen steckte sie ihn in ihre

Handtasche und schlurfte durch den langen Flur dem Ausgang entgegen. Auch hier standen an der Seite einige Stühle. Mit einem Stoßseufzer ließ sie sich nieder und verbarg ihr Gesicht in ihren Händen.

Justus konnte seinen Blick nicht von der alten Dame lösen. Sie war ungefähr siebzig Jahre alt. Ihre grauen Haare hatte sie zu einem Knoten gebunden und die Hände, die sich noch immer schützend um ihr Gesicht legten, waren runzlig. Mrs Holligan schien mit ihren Gedanken weit weg zu sein.

Justus ging langsam auf sie zu und setzte sich neben sie. »Wie geht es Ihnen, Madam?«, fragte er und fand seine Frage angesichts der vorangegangenen Situation im selben Moment völlig unangebracht. Deshalb fügte er schnell hinzu: »Kann ich Ihnen vielleicht helfen?«

Mrs Holligan ließ ihre Hände in den Schoß fallen und sah Justus resigniert an. »Mir kann scheinbar niemand helfen. Vermutlich werde ich einfach nur alt. Das muss ich akzeptieren.« Justus wollte etwas erwidern, doch die Dame winkte mit einer müden Handbewegung ab. »Ich war immer Realistin«, sagte sie. »Und dem Arzt, in dessen Obhut man sich begibt, sollte man auch vertrauen. Das Alter ist eine vertrackte Sache, junger Mann. Wenn man so jung ist wie du, macht man sich noch wenig Gedanken darüber. Wozu auch? Mit der Zeit erst schleichen sie sich ein, die kleinen Wehwehchen, die einem den Alltag erschweren. Zuerst ergrauen die Haare, das Gehen fällt einem schwer, die Sehkraft wird schwächer und nach und nach fallen die Zähne aus.«

Justus überkam ein Frösteln. Er war unangenehm berührt über diese schonungslose Offenheit der alten Dame.

»Ich will mich aber nicht beschweren«, fügte sie hinzu. »Denn noch lebe ich.«

Aus seiner Neugier hatte Justus nie einen Hehl gemacht. Im Gegenteil. Für ihn war es die wirksamste Methode, Menschen besser zu verstehen. Doch nun entschied er, dass angesichts der vorherrschenden Situation Zurückhaltung angebracht war. Er konnte Mrs Holligan nicht einschätzen. Die Tatsache, dass die Dame in dieser Praxis in psychotherapeutischer Behandlung war, hemmte ihn, wie gewohnt mit seinen bohrenden Fragen in die Offensive zu gehen.

Mrs Holligan schien seine Gedanken erraten zu haben. »Warum schweigst du?«, fragte sie und blickte Justus mit klaren Augen an. »Du traust dich nicht mich nach meinem Leiden zu fragen. Dabei hast du doch ebenso gut wie ich verstanden, was Dr. Miller dieser Frau im Waschraum über mich erzählt hat.«

»Allerdings«, gab er offen zu.

»Mein Körper baut zwar rapide ab, aber mein Gehör funktioniert noch fabelhaft. Es ist das Einzige, worauf ich mich noch hundertprozentig verlassen kann. Es war keine Halluzination. Ich weiß genau, was ich gehört habe, auch wenn die Ärzte hier anderer Meinung sein mögen. Verfolgungswahn nennen sie es.« Mrs Holligans Stimme nahm langsam einen sarkastischen Ton an. »Wahrscheinlich kann ich noch dankbar sein, dass sie mich nicht umgehend ins Sanatorium eingewiesen und mit Beruhigungsmitteln voll gepumpt haben.«

»Diese Stimme, Madam«, Justus kam sich groteskerweise in diesem Moment selbst wie ein Psychologe vor, der versuchte dem Problem seiner Patientin auf die Spur zu kommen. »Vorhin erwähnten Sie, im Waschraum hätte die Stimme Ihrer Schwester zu Ihnen gesprochen. Ist das richtig?«

Mrs Holligan nickte.

»Vorausgesetzt, man lässt die Tatsache außer Acht, dass Stimmen nicht ohne ersichtliche Ursache einfach aus dem Nichts ertönen – weshalb waren Sie denn derart aufgebracht?«

Die alte Dame sah Justus mit weit aufgerissenen Augen an. »Ich habe Angst. Große Angst!« Ihre Hände begannen wieder zu zittern. Dann griff sie nach Justus' Fingern und hielt sie fest umschlossen. »Meine Schwester bedroht mich. Sie will mir etwas antun! Sie terrorisiert mich am Telefon, zerstört mein Haus und hat sogar versucht mich mit dem Auto zu überfahren. Sie wird keine Ruhe geben, bis ich unter der Erde liege. Letzte Nacht klingelte bei mir das Telefon. Metzla war dran und machte mir unmissverständlich klar, dass mein Ende nun bald gekommen sei.«

Justus war froh, als Mrs Holligans feuchte Hände ihn wieder losließen. Er stand auf und zog sein T-Shirt über dem Bauch glatt. »Mrs Holligan«, begann er. »Meiner Ansicht nach ist es gar nicht verwunderlich, dass Sie die Stimme Ihrer Schwester bis hierher aufs Klo verfolgt. Angesichts der Situation, in der Sie sich gerade befinden, finde ich es sogar verständlich. Ich weiß zwar nicht, was Dr. Franklin Ihnen rät, aber ich sehe eine Möglichkeit, den Terroranschlägen und Belästigungen Ihrer Schwester Metzla schnellstens ein Ende zu bereiten und sie anschließend zur Rechenschaft zu ziehen.«

»Wie willst du das denn anstellen?«

»Waren Sie schon bei der Polizei?«

»Ach«, Mrs Holligan winkte müde ab. »Ein Dutzend Mal.«

»Sie glauben Ihnen nicht, stimmt's?« Justus' Augen begannen zu leuchten. »Sie halten Sie für eine alte, verwirrte Frau, die sich dringendst in psychiatrische Behandlung begeben sollte. Habe ich Recht?«

Mrs Holligan schluckte. »So ähnlich, ja.«

»Dann darf ich Sie bitten uns den Fall zu übertragen. Meine zwei Kollegen und ich, wir sind ein Detektivteam. Spezialisiert auf mysteriöse Vorkommnisse und Geheimnisse aller Art. Ich würde es als Privileg ansehen, Ihnen aus dieser Sache herauszuhelfen, damit Sie wieder ruhig schlafen können.« Mit der Hand fuhr Justus in seine hintere Hosentasche und zog daraus eine Visitenkarte hervor. Er reichte sie der alten Dame, woraufhin diese ihre Handtasche öffnete und umständlich ihre Brille hervorkramte. Die Gläser waren aus dickem Glas geschliffen, so dass Mrs Holligans Augen unheimlich vergrößert dahinter hervorglotzten und beim Lesen der kleinen Karte abwechselnd von links nach rechts wanderten.

Die drei Detektive
???
Wir übernehmen jeden Fall

Erster Detektiv	Justus Jonas
Zweiter Detektiv	Peter Shaw
Recherchen und Archiv	Bob Andrews

Mrs Holligan war sich der abschreckenden Wirkung ihrer Brille wohl bewusst. Denn nachdem sie den Text auf der Visitenkarte gelesen hatte, gab es für sie nichts Eiligeres als die Brille von ihrer Nase zu nehmen und in ihrer Handtasche verschwinden zu lassen.

»Übernehmt den Fall, Jungs!«

Abermals knipste sie ihre Handtasche auf und kramte mit nervös zitternden Fingern einen Zettel und einen Kugelschreiber hervor. »Warte ... Ich schreibe euch meine Adresse auf.« Sie legte ihre Handtasche als Schreibunterlage auf ihren Schoß und reichte Justus kurze Zeit später einen Zettel. »Und du meinst wirklich, ihr bekommt meine Schwester zu fassen, bevor sie mir etwas antun kann?«

»Den Erfolg können wir nicht garantieren, Madam. Aber wir versprechen uns Mühe zu geben«, sagte er. »Außerdem bin ich der Meinung, dass nicht Sie, sondern Ihre Schwester dringend psychiatrische Hilfe benötigt.«

»Da stimme ich voll und ganz mit dir überein. Die Sache hat nur einen kleinen Haken.«

Justus blickte überrascht auf, doch Mrs Holligans Augen schienen plötzlich ausdruckslos durch ihn hindurchzustarren. »Und der wäre?«, fragte er.

»Meine Schwester ist schon seit drei Monaten tot!«

»Du hältst mich für verrückt, nicht wahr?« Doch Mrs Holligan wartete eine Antwort nicht ab: »Ich weiß sehr wohl, dass Tote nicht in der Lage sind, zu telefonieren und sich hinters Lenkrad zu setzen, um Lebende zu überfahren. Und noch besser weiß ich, dass man mit niemandem darüber sprechen sollte, wenn man solch einem unheimlichen Phänomen ausgeliefert ist. Aber könntest du mir vielleicht einmal erklären, was du in so einer Situation tun würdest?«

Justus war hin- und hergerissen. Vor zwei Minuten war er noch Feuer und Flamme gewesen den Fall von Mrs Holligan zu übernehmen. Nun war er überzeugt, dass die Dame wohl doch eher ärztliche Hilfe benötigte als die der drei Detektive. Aber er war neugierig und wollte mehr über Mrs Holligans Schwester erfahren. »Mrs Holligan«, begann er. »Ich und meine zwei Detektivkollegen Peter und Bob haben schon Dutzenden von scheinbar übersinnlichen Phänomenen gegenübergestanden.«

»Ach ja?« Mrs Holligan schien ihre Fassung wiedergefunden zu haben. »Dann solltest du dir wohl auch einen Termin bei Dr. Franklin holen, Junge. Denn hätte ich das, was ich zurzeit durchstehen muss, schon Dutzende Male durchleben müssen, wäre ich vermutlich gar nicht mehr hier auf der Erde. Ich bin schwer herzkrank, die Ärzte haben mir starke Medikamente verordnet. Und der Psychoterror meiner Schwester ist eine zusätzliche Belastung. Wenn du und deine beiden – wie sagtest du eben noch so nett, ach ja – Detektivkollegen schon Dutzenden von scheinbar übersinnlichen Phänomenen begegnet seid, dann wäre ich doch sehr neugierig zu erfahren, mit wem oder was ihr es denn da zu tun hattet?«

»Mrs Holligan«, antwortete Justus, »gleich werden Sie in die Rolle derjenigen schlüpfen, die dem, na ja, sagen wir, etwas übergewichtigen Jungen, mit dem Sie es gerade zu tun haben, nur schwer die Wahrheit abnehmen wird.«

»Wie meinst du das?«

Justus hatte nun Mrs Holligans volle Aufmerksamkeit. »Wir sind Detektive. Und viele unserer Klienten bitten uns um Hilfe, da sie angeblich von Spukerscheinungen belästigt und zum Teil auch bedroht werden. Grüne Geister, Teufel, Gnome und Phantome, Drachen, Ufos und so weiter und so weiter. Diese Begegnungen waren stets unheimlich, mysteriös und oft gefährlich. Doch alle diese Erscheinungen hatten eins gemeinsam: Sie waren natürlichen Ursprungs oder –«, jetzt machte er eine theatralische Pause und sah Mrs Holligan eindringlich an, »– von Menschenhand inszeniert, um eine kriminelle Absicht dahinter zu verbergen. Und in 99 Fällen von 100 war dies der Fall. Ich muss zugeben, dass es mich reizen würde, zu erfahren, ob es sich bei den ›Jenseitsattacken‹ Ihrer verstorbenen Schwester tatsächlich um ein übersinnliches Phänomen handelt. Doch ich bin überzeugt davon, dass wir Sie enttäuschen würden.«

»Diese Enttäuschung würde ich nur zu gern erleben.« Mrs Holligan rutschte nervös auf ihrem Stuhl herum, bis sie eine bequemere Sitzposition gefunden hatte. »Aber die ganze Sache hat, wie ich am Anfang schon erwähnt habe, einen kleinen Haken.«

»Und der wäre?« Justus wurde langsam unruhig.

»Meine Schwester ist tot! Das ist der Haken.«

»Das sagten Sie bereits.« Der Tonfall des Ersten Detektivs blieb weiterhin höflich, obwohl er langsam, aber sicher den Impuls verspürte, Mrs Holligan darauf hinzuweisen, dass ihm diese Art von Konversation nicht besonders lag. Er selbst hatte es sich zwar zur Eigenart gemacht, Dinge kompliziert auszudrücken, wenn sie sich auch genauso gut mit einfachen Worten sagen ließen, aber mit dieser alten Dame, die es anscheinend auch genoss, in Rätseln zu sprechen, hatte er eine harte Nuss zu knacken. Oberflächlich betrachtet hatte er den Eindruck, dass sie beide aneinander vorbeiredeten, doch instinktiv wusste er, er hatte noch nicht den richtigen Zugang gefunden, auf ihre Denk- und Sprechweise einzugehen.

»Ich kann es nur wiederholen: Meine Schwester ist tot. Ich habe ihr eigenhändig auf dem Totenbett die Augen geschlossen. Sie hatte einen Gehirntumor und ich war froh, dass sie nun endlich nicht mehr leiden musste. Ihre Schmerzen waren unerträglich.«

Justus wollte gerade mit Anteilnahme reagieren, doch Mrs Holligan ließ es dazu nicht kommen. »Jetzt bitte keine Floskeln wie ›Es tut mir Leid‹ oder Ähnliches. Ich hätte meiner Schwester wirklich einen angenehmeren Tod gewünscht, trotz der heftigen Auseinandersetzungen, die wir mit Regelmäßigkeit hatten. Das kannst du mir glauben. Dennoch: Metzla war eine Tyrannin und hat mich gehasst.«

»Was für Gründe hatte sie denn?«

»Eifersucht«, sagte sie trocken und fügte hinzu: »Und stärkste Minderwertigkeitskomplexe.«

»Eifersüchtig?«, fragte Justus. »Auf wen?«

»Auf alles. Vor allem auf mich. Dazu muss ich erklären, dass Metzla kleinwüchsig war. Ihr ganzes Leben lang musste sie zu anderen ›hinaufschauen‹, auch zu mir, der jüngeren Schwester. Ich sehe sie heute noch vor mir: mit ihrem grimmigen Gesicht und der kleinen roten Handtasche, von der sie sich niemals trennte! Als unser Vater damals starb, wurde das Erbe unter uns Schwestern aufgeteilt. Ich bekam die Villa unserer Eltern, während Metzla der Familienbetrieb, eine Textilfabrik, übertragen wurde. In meinen Augen war das nur gerecht, aber meine Schwester schielte nur auf die Teller der anderen und war mit ihrer Portion immer unzufrieden. Egal was drauflag.«

Justus hatte bei dieser bildhaften Erklärung Mühe, ein Grinsen zu verkneifen.

»Wir wohnten von Kindheit an in unserem Haus«, fuhr Mrs Holligan fort. »Metzla heiratete früh, zog aus und folgte ihrem Mann nach Mexiko auf seine Ranch. Vierzig Jahre ließ sie nichts von sich hören. Sie brach den Kontakt zu unseren Eltern und mir ohne Begründung ab und kam noch nicht einmal zur Beerdigung unserer Mutter. Aber als Jahre später unser Vater verstarb und die Testamentseröffnung bevorstand, stand sie plötzlich wieder vor der Tür. Jedoch nicht aus Anteilnahme. Der Zeitpunkt war für sie mehr als günstig. Kurz zuvor hatte sie in Mexiko alles verloren. Die Ranch war niedergebrannt. Später fand man die Überreste ihres Mannes in den verkohlten Trümmern.«

Wieder öffnete Mrs Holligan ihre Handtasche. Justus erwartete, dass sie nun ein Foto ihrer Schwester hervorziehen würde, doch die alte Dame kramte lediglich ein Taschentuch heraus und schnäuzte sich kräftig. »Ich hegte aber keinen Groll gegen sie. Im Gegenteil: Ich ließ sie wieder in das Haus einziehen, das ja nun testamentarisch mir gehörte.«

»Und dann?«

»Zwei Jahre später entschloss ich mich das Haus zu verkaufen. Die Erinnerungen wurden mir zu viel. Ohne meinen Vater wirkte das Haus so kalt und leer. Meine Schwester hatte sich inzwischen von dem Geld, das die Textilfabrik abwarf, eine kleine Eigentumswohnung gekauft. Ich lebte also allein und litt unter schlimmsten Depressionen. Dann fasste ich mir eines Tages ein Herz und setzte in der ›Los Angeles Post‹ ein Inserat auf, in dem ich das Haus zum Verkauf anbot. Diese Entscheidung zu treffen ist mir nicht leicht gefallen. Viel schlimmer aber war – als ich dann einen Käufer fand und der Verkauf auch schon abgewickelt war –, dass meine Schwester Amok gelaufen ist.«

»Wie darf ich das verstehen?«

»Getobt hat sie und geschrien! Dass ich das Erbe unseres Vaters mit Füßen trete und finanziell zugrunde gehen werde. Sie hat immer nur materiell gedacht. Innere Werte kannte sie nicht.« Sie atmete tief durch. »Dann kam der Gehirntumor. Metzla wurde zum Pflegefall und ich zog zu ihr in die Eigentumswohnung, da ihr ein Umzug in mein neues Haus gesundheitlich nicht mehr zuzumuten gewesen wäre. Sie lag jetzt die meiste Zeit im Bett. Ihre Kopfschmerzen wurden von Tag zu Tag schlimmer. Sie wusste, dass sie bald sterben würde, und gönnte mir meine Gesundheit nicht, obwohl ich mich Tag und Nacht für sie aufopferte. Keine Stunde verging ohne eine Schikane von ihr. Sie nässte in ihr Bett, zerbrach das wertvolle Familiengeschirr und beschimpfte mich aufs Übelste: ›Wenn du nicht gewesen wärst, dann wäre mein Leben von Grund auf anders verlaufen und ich läge dann sicherlich nicht hier auf dem Sterbebett.‹ Das waren exakt ihre Worte.«

Justus war betroffen.

»Zum Schluss bestand Metzla nur noch aus purem Hass. Ich konnte nicht mehr vernünftig mit ihr reden. Die Krankheit war schon zu weit fortgeschritten. Eines Nachts war es dann so weit.« Mrs Holligan unterbrach ihre Erzählung, denn jetzt kam die junge Mutter den Flur entlang und näherte sich mit ihrem Kinderwagen dem Ausgang. Wortlos, den Blick angestrengt auf ihr Baby gerichtet, ging sie an Justus und der alten Dame vorbei und verließ die Praxis. Mrs Holligan wartete, bis die Tür hinter ihr zufiel, ehe sie ihre Erzählung fortsetzte. »Der Teufel hätte es nicht besser inszenieren können. Als ich in jener Nacht von Metzlas Schmerzgestöhn aus dem Schlaf gerissen wurde, tobte draußen ein fürchterliches Gewitter. Ich eilte sofort in ihr Zimmer. Meine Schwester lag in den letzten Zügen. Sie schwitzte und hatte sich wegen der Hitze des Fiebers das Nachthemd vom Leib gerissen. Mit zitternder Hand winkte sie mich zu sich ans Bett und röchelte etwas. So leise, dass ich mich mit meinem Ohr ihrem Mund nähern musste. Und dann sprach sie es aus ...«

Justus hatte in seinem Leben schon eine Menge unheimlicher Sachen erlebt, doch das, was Mrs Holligan ihm am helllichten Tag auf dem Flur der Arztpraxis erzählte, erzeugte auf seinem ganzen Körper eine Gänsehaut: Als wollte sie ihren Bericht noch realistischer gestalten, zog die alte Dame Justus an seinem T-Shirt zu sich heran und näherte ihren Mund seinem Ohr. »Ich hasse dich, Abigail. Du hast mein ganzes Leben verpfuscht. Ich werde jetzt sterben, doch ich werde mich an dir rächen, hörst du?« Mrs Holligan keuchte, ihre Stimme klang wie ein Röcheln. ». . . Ich komme wieder . . .«

Der Erste Detektiv konnte diese hautnahe Demonstration nicht länger ertragen. Ruckartig erhob er sich von seinem Stuhl und rieb sein rechtes Bein, das während Mrs Holligans Erzählung, im Gegensatz zu seiner Aufmerksamkeit, eingeschlafen war. »Mrs Holligan«, begann er und verspürte das drängende Bedürfnis, ihren feuchten Atem, der noch immer an seinem Ohr zu kleben schien, wegzureiben. Aus Höflichkeit verzichtete er jedoch darauf. »Nachdem Ihre Schwester verstorben war, wie lange dauerte es, bis diese Terroranschläge anfingen?«

»Zwei Monate nach der Beerdigung bekam ich den ersten Anruf. Ich erinnere mich noch genau. Es war der neunzehnte Juni. Mein Geburtstag. Ich war gerade in der Küche beim Kartoffelschälen. Da klingelte im Wohnzimmer das Telefon. Ich war sicher, dass es meine Freundin Gloria aus Boston sein würde, um mir zu gratulieren. Gloria liebt es, stundenlang mit mir zu plaudern. Ich trug also die Schüssel mit den Kartoffeln und das Messer zum Telefon, setzte mich auf den kleinen Stuhl und hob den Hörer ab.«

Justus hatte die Szenerie deutlich vor Augen. Er war fasziniert von Mrs Holligans intensiver Schilderung.

»Zuerst hörte ich nur ein Rauschen«, erklärte sie. »Doch das ist bei Ferngesprächen aus Boston nichts Ungewöhnliches. Man muss manchmal einige Sekunden warten, bis sich der Teilnehmer am anderen Ende der Leitung meldet. Nun ja, ich wartete also und klemmte mir den Hörer zwischen Ohr und Schulter, um weiter Kartoffeln schälen zu können. Da drang plötzlich Metzlas Stimme aus dem Hörer und flüsterte eindringlich: ›Ich hasse dich und ich werde keine Ruhe geben, bis du das Zeitliche gesegnet hast.‹«

»Und es war wirklich ihre Stimme?« Justus spürte eine innere Unruhe. Er setzte sich wieder neben Mrs Holligan auf den Stuhl.

»Da gibt es nicht den geringsten Zweifel.« Ihre Augenlider zuckten nervös. »Es war, als würde ich von einem Blitz getroffen! Ich schrie laut auf und vor lauter Schreck schnitt ich mir aus Versehen mit dem Kartoffelmesser tief in den Finger. Und dann geschah etwas, was mit den Gesetzen der Logik nicht nachzuvollziehen ist. Denn jetzt kommt das wirklich Unerklärliche . . .«

Justus sah Mrs Holligan erwartungsvoll an.

»Bis hierhin, junger Mann, könnte man annehmen, dass mir jemand mit bespielten Tonbandkassetten einen geschmacklosen Streich gespielt hat. Doch nachdem ich mir vor Schreck mit dem Messer in den Finger geschnitten hatte, hörte ich Metzlas Stimme, die mir durchs Telefon zuzischte: ›Du wirst bluten, Abigail! Bitterlich bluten.‹ Dann lachte sie hämisch und die Verbindung war unterbrochen.«

»Das ist allerdings seltsam.«

»Das ist nicht seltsam, sondern unerklärbar. Niemand außer mir konnte wissen, dass ich mir in den Finger geschnitten hatte. Und doch schien es so, als hätte Metzla es gesehen, gefühlt oder sogar selbst herbeigeführt.«

»Mr Jonas?« Die Stimme der Sprechstundenhilfe klang schrill durch den Flur. Justus blickte auf und sah Mrs Petersen, die ihn mit einer großen Mappe in der Hand zu sich an den Tresen winkte.

»Einen Moment, Mrs Holligan. Ich bin sofort wieder da.« Justus erhob sich und ging mit zügigen Schritten zur Anmeldung.

»Hier sind die Röntgenbilder Ihrer Lunge. Die Überweisung zum Lungenspezialisten steckt in dem Umschlag.« Damit reichte Mrs Petersen Justus ein braunes Kuvert und lächelte ihm unverbindlich zu.

Justus bedankte sich, nahm seine Jacke vom Garderobenhaken und wollte zu Mrs Holligan zurückkehren. Doch als er sich umdrehte, stellte er fest, dass der Stuhl leer war!

Die Seele eines Menschen

Verstört lief Justus den Flur entlang, trat aus der Eingangstür und blickte auf die Leuchtanzeige des Fahrstuhls. Die Ziffer machte ihm unmissverständlich klar, dass der Lift bereits im Erdgeschoss angekommen war. Mrs Holligan war verschwunden ohne sich vorher von ihm zu verabschieden. Er verwarf jedoch seinen impulsiven Gedanken, im schnellen Spurt das Treppenhaus hinabzulaufen, um Mrs Holligan vielleicht noch in der Eingangshalle des zehnstöckigen Arztgebäudes zu fassen zu kriegen. Noch immer hielt er den abgerissenen Zettel mit ihrer Anschrift in der Hand. Er steckte ihn in die Seitentasche seiner Jacke und drückte abwesend den Knopf des Fahrstuhls. Als dieser nach einigen Minuten endlich im neunten Stock eintraf, war Justus noch immer so in Gedanken versunken, dass er den Mann, der mit eiligen Schritten die Treppenstufen vom zehnten Stock heruntergerannt kam, zu spät bemerkte. Gerade als sich die Fahrstuhltür öffnete und Justus die Kabine betreten wollte, prallte er unsanft mit ihm zusammen. Justus entschuldigte sich, obwohl er gar nicht sicher war, ob er für dieses Malheur verantwortlich war, und fuhr ins Erdgeschoss hinab.

An diesem Nachmittag bestellte der Erste Detektiv seine beiden Kollegen Peter und Bob in ihre geheime Zentrale. Sie war in einem alten Campinganhänger eingerichtet, der in einer Ecke des Schrottplatzes von Justus' Onkel Titus stand. Als Bob und Peter dort eintrafen, saß Justus bereits auf dem bequemen Ohrensessel und knetete seine Unterlippe. Für die zwei Detektive war dies der klare Beweis, dass der Chef mit kniffliger Gedankenarbeit beschäftigt war.

»Nun Just, was ist denn so Aufregendes passiert?« Peter schien keineswegs davon begeistert zu sein, dass Justus Bob und ihn an diesem heißen Augustmittag zu einer Besprechung hierher bestellt hatte. Eigentlich stand zu dieser Zeit sein Schwimmtraining auf dem Programm. Doch nachdem er Justus' betretenes Gesicht registriert hatte, zog er es vor, seinen Unmut für sich zu behalten und das 1000-Meter-Pflichtprogramm im Freibad von Rocky Beach auf den frühen Abend zu verschieben.

»Kollegen«, begann Justus und legte demonstrativ eine Visitenkarte ihres Detektivunternehmens auf den Tisch. »Ich gebe es zwar ungern zu, aber ich befürchte, dass mir heute ein großer Fehler unterlaufen ist.«

»Hä? Was soll denn das heißen, Just?« Bob hatte inzwischen seine Jacke ausgezogen und sich neben Peter auf das durchgesessene Sofa gelümmelt. »Diese Erkenntnis aus deinem Munde? Bei allem Respekt, Kollege, aber hat sich bei dir ein Sinneswandel vollzogen? Seit wann unterläuft dem Ersten Detektiv ein Fehler, den er auch noch freiwillig zugibt? Was ist passiert?«

»Ich habe heute Vormittag eine Auftraggeberin an Land gezogen, bei der ich mir nicht sicher bin, ob sie die Hilfe der drei ??? benötigt oder eher die eines Psychiaters.« Justus blickte seine Freunde fragend an.

»Um das beurteilen zu können, bräuchten wir mehr Details.« Peter griff in die Obstschale und biss herzhaft in eine saftige Nektarine.

»Ich wurde heute zufällig Zeuge eines merkwürdigen Zwischenfalls.«

Justus erzählte Bob und Peter ausführlich von Mrs Holligan und ihren unheimlichen Erlebnissen. Er erwähnte aber auch, dass er nicht ganz sicher war, ob die geschilderten Vorkommnisse der alten Dame tatsächlich real stattgefunden hatten oder nur in ihrer Einbildung. Die beiden saßen stumm da und lauschten gespannt seinem Bericht. Als dieser geendet hatte, ergriff Bob das Wort. »Ich kann ja verstehen, Just, dass deine Neugier geweckt ist. Meiner Ansicht nach sollten wir uns aber aus dieser Sache raushalten.«

»Bob hat Recht«, stimmte Peter zu. »Ich denke, wir sollten Mrs Holligan mit ruhigem Gewissen dieser Frau Dr. Franklin überlassen. Immerhin ist sie eine Psychotherapeutin. Ich weiß zwar nicht ganz genau, was das ist, aber immerhin ist sie die Spezialistin, nicht wir.«

»Seit wann ist das denn unser Standpunkt?« Justus sah Peter herausfordernd an.

»Justus, das bringt doch nichts.« Bob versuchte zu beschwichtigen. »Du kannst mir wirklich nicht vorwerfen, dass ich mich jemals vor einer Sache gedrückt habe. Doch in diesem Fall, muss ich dir ganz ehrlich sagen, können wir uns gehörig die Finger verbrennen. Und nicht nur unsere eigenen. Mit psychisch kranken Menschen, die sich dazu noch in psychotherapeutischer Behandlung befinden, haben wir keinerlei Erfahrungen. Und ehrlich gesagt kann ich darauf auch verzichten. Die Sache ist mir zu heiß.«

»Und warum, wenn ich fragen darf?«

Bob wollte Justus gerade antworten, doch Peter kam

ihm zuvor. »Kennst du den Film ›Einer flog über das Kuckucksnest‹? Da geht es um kranke Menschen, die in der geschlossenen Psychiatrie eingesperrt sind. Die reden von morgens bis abends nur irgendwelche Verrücktheiten daher und können Realität und Einbildung nicht voneinander unterscheiden.«

»Moment, Peter. Ich glaube, jetzt bringst du etwas gehörig durcheinander.« Der Erste Detektiv war nicht umsonst als wandelndes Lexikon bekannt und betrachtete es als seine Verpflichtung, sein Wissen, das zugegebenermaßen auf dem Sektor ›Psychiatrie‹ noch nicht allzu erfahren war, kundzutun. »Erstens«, begann er, »befindet sich Mrs Holligan nicht in einer geschlossenen Abteilung, sondern besucht ganz regelmäßig und freiwillig eine Therapeutin in ihrer Praxis. Und zweitens ist dadurch noch lange nicht bewiesen, dass Mrs Holligan tatsächlich krank ist. Zumal der Begriff ›krank‹ sehr leicht missverstanden werden kann.«

»Was soll das denn wieder bedeuten?«, fragte Bob.

»Dass ich eure Reaktion sehr gut verstehen kann. Denn als ich heute Vormittag in der Arztpraxis von Dr. Miller erfahren habe, dass Mrs Holligan in psychotherapeutischer Behandlung ist, schnürte es mir regelrecht den Hals zu. Und natürlich war ich ihren Schilderungen gegenüber misstrauisch. Zuerst war mir das gar nicht so bewusst, später wurde mir klar, warum.«

»Das würde mich auch interessieren«, warf Bob ein.

»Eure Reaktion ist das beste Beispiel. Ihr verhaltet euch Mrs Holligan gegenüber ablehnend, obwohl ihr sie noch gar nicht kennen gelernt habt. Und wisst ihr auch, warum?«

Peter und Bob zuckten wortlos mit den Schultern.

»Weil der Ausdruck ›Psycho‹ für Laien meist mit Vorurteilen belastet ist.«

»Zu denen du dich selbstverständlich nicht zählst«, warf Bob locker ein.

Peter hatte inzwischen seine Nektarine aufgegessen und beförderte den Kern in gezieltem Wurf in die Abfalltonne. »Was macht eigentlich eine Psychotherapeutin? Kann mir das mal einer sagen?«

»Mit einfachen Worten ausgedrückt«, begann Justus, »beschäftigt sie sich mit den Problemen von Menschen, die mit ihrer Realität und ihrer Umgebung nicht zurechtkommen. Zusammen mit dem Patienten versucht die Therapeutin eine Lösung des Problems zu finden. Mrs Holligans Gang zu Dr. Franklin ist demnach völlig logisch und nachvollziehbar.«

»Nach deinen Schilderungen scheint mir die alte Dame dort besser aufgehoben zu sein als bei uns«, entgegnete Bob.

»Wie darf ich das verstehen?« Justus war fest entschlossen die Diskussion bis zu einem für ihn befriedigenden Ende auszufechten.

»Nun ja«, fuhr Bob fort. »Oberflächlich betrachtet klingt die Sache verdammt nach einem interessanten Fall für die drei ???. Die Tatsache jedoch, dass Mrs Holligan sich selbst verschuldet in den Finger geschnitten hat und ihre verstorbene Schwester am Telefon davon Wind bekommen haben soll, indem sie diese Verletzung auch noch kommentiert, ist für mich der klare Beweis dafür: Diese Frau tickt nicht richtig.«

»Eben davon ist Mrs Holligan ja auch überzeugt, sonst würde sie wohl nicht die Hilfe eines Psychiaters zurate ziehen«, sagte Peter.

»Eines Psychotherapeuten«, verbesserte Justus.

»Und wo liegt da bitte schön der Unterschied?«

»Der Unterschied besteht in der Ausbildung und den Kompetenzen«, antwortete Justus.

»Psychiater haben Medizin studiert und sind somit Ärzte. Sie arbeiten meist an härteren Fällen im klinischen Bereich und dürfen auch Medikamente verschreiben. Psychotherapeuten studieren Psychologie und absolvieren danach eine Therapieausbildung. Sie arbeiten meist im sozialen Bereich und schließen sich oft Gemeinschaftspraxen an.«

Bob machte aus seiner Skepsis keinen Hehl. »Wenn wir an die Sache rangehen sollten, und ich betone ausdrücklich ›wenn‹, dann wäre ich als Allererstes dafür, die Uni aufzusuchen, um dort in der Bibliothek alles Wissenswerte zu den Themen ›Psychologie, Psychotherapie und die Heilung der Betroffenen‹ zusammenzutragen.«

»Das kann ja Wochen dauern«, warf Peter ein.

»Eben«, entgegnete Bob. »Was meint ihr denn, wie lange ein Psychiater pauken muss, ehe er sich so nennen darf? Die Psyche, also die Seele eines Menschen, ist noch lange nicht ausreichend erforscht. Und Justus bildet sich ein so mir nichts, dir nichts eine geistig verwirrte Frau zu therapieren. Ich wiederhole mich zwar ungern, aber das sollten wir einem geschulten Spezialisten überlassen.«

»Da stimme ich dir eindeutig zu«, erwiderte Justus. »Doch solange unklar ist, ob Mrs Holligan tatsächlich geistig verwirrt ist, sehe ich nicht ein, weshalb wir uns nicht in die Sache einschalten sollen. Dr. Franklin braucht vermutlich noch Wochen, wenn nicht gar Monate, um Mrs Holligan zu helfen, und wer weiß, ob sie als Therapeutin überhaupt die richtige Ansprechpartnerin für diese Sache ist.«

»Du lässt dich tatsächlich nicht umstimmen«, bemerkte Bob. »Kannst du uns vielleicht mal erklären, weshalb?«

»Ich folge wie immer nur meinem Instinkt, Kollegen. Und der sagt mir, dass die Sache stinkt.« Der Erste Detektiv erhob sich und sah seine Freunde mit verschwörerischem Blick an. »Der Leitspruch unserer Firma lautet ›Wir übernehmen jeden Fall‹ und ich sehe derzeit keinen Grund, weshalb Mrs Holligan unsere Dienste nicht in Anspruch nehmen sollte. Ich bin mir ja selbst nicht sicher, ob es richtig war, der Dame unsere Hilfe anzubieten. Doch solange nicht eindeutig geklärt ist, ob Mrs Holligan einer Sinnestäuschung erlegen ist, weil sie den Tod ihrer Schwester nicht verkraftet hat, oder ob da jemand ein übles Spiel mit ihr treibt, sollten wir uns nicht von Vorurteilen leiten lassen, sondern nach strengster Logik vorgehen.«

»Gut. Ich bin einverstanden«, willigte Peter schließlich ein. »Die Sache interessiert mich. Doch wenn auch nur der leiseste Verdacht aufkommt, dass wir da einem nicht vorhandenen Phänomen nachjagen, und diese Frau einfach nur gestört ist, schmeißen wir die Sache. Ist das klar?«

»Abgemacht.« Justus reichte Peter die Hand. »Und was ist mit dir, Bob?«

»Ich bin dabei. Die Dame persönlich in Augenschein zu nehmen birgt schließlich kein Risiko. Ich stelle jedoch eine Bedingung: Ich verlange, dass wir jeden weiteren Schritt im Fall ›Mrs Holligan‹ demokratisch abstimmen. Und damit meine ich: 2 : 1 ist überstimmt und nicht umgekehrt, wie wir es sonst von dir gewohnt sind.«

»Ihr habt mein Wort darauf.« Justus reichte auch Bob die Hand und der für Recherchen und Archiv zuständige Detektiv schlug ein.

»Wir gedulden uns bis morgen Nachmittag«, fügte Justus hinzu. »Bis dahin warten wir ab, ob Mrs Holligan sich bei uns meldet. Sollte das nicht der Fall sein, statten wir ihr noch am gleichen Tag einen Überraschungsbesuch ab.«

Mrs Holligans Haus war größer und prachtvoller, zumindest was das äußere Erscheinungsbild betraf, als Justus erwartet hatte. Ein riesiger, jedoch karg bepflanzter Garten erstreckte sich vor der viktorianischen Holzvilla, die von einem mannshohen, schmiedeeisernen Zaun umschlossen wurde.

Wie Justus vermutet hatte, war von Mrs Holligan bis zu dieser Stunde kein Anruf in der Zentrale eingegangen, so dass die drei Detektive wie vereinbart selbst die Initiative ergriffen hatten. Ihr Plan, die Strecke von Rocky Beach nach Malibu mit den Fahrrädern zurückzulegen, wurde jedoch von Mutter Natur zunichte gemacht. Der Himmel hatte sich am Nachmittag verdunkelt und seine Schleusen geöffnet. Über der ganzen Stadt tobte ein außergewöhnliches Sommergewitter, so dass die Jungs ihre Bikes im Schuppen stehen ließen und es stattdessen vorzogen, sich von Peter in seinem alten MG chauffieren zu lassen.

Der Zweite Detektiv parkte den Wagen direkt vor dem verschlossenen Tor zur Auffahrt des Grundstücks und blickte fasziniert durch die nasse Frontscheibe auf die Villa. Die Regentropfen prasselten laut auf das Autodach nieder. »Kollegen, das gibt es doch nicht!« Peter, ein begeisterter Kinofan, war sichtlich aus dem Häuschen. »Das ist diese unheimliche Villa aus dem Hitchcock-Film ›Psycho‹! Aber original! Das ist ja 'n Ding! Und hier wohnt diese Mrs Holligan? Wow!«

»Schon wieder ›Psycho‹.« Bob rutschte auf dem Rücksitz etwas tiefer, um besser sehen zu können. Ihm war sichtlich unbehaglich zumute. »Das Zufahrtstor ist verschlossen. Bis wir an der Haustür sind, sind wir bis auf die Haut durchnässt. Wollen wir nicht im Wagen sitzen bleiben und warten, bis es aufgehört hat zu regnen?« In diesem Moment blitzte es und Donner ertönte. Die ›Psycho‹-Villa erstrahlte für einen Bruchteil von Sekunden und das Krachen ließ Peters MG vibrieren.

»Bis zur Haustür sind es höchstens fünfzig Meter«, schätzte Justus. »Wenn wir im Eiltempo rüberlaufen, müssten wir es eigentlich schaffen, einigermaßen trocken dort anzukommen.« Ohne eine Reaktion abzuwarten verließ Justus den Wagen und rannte, nachdem er die Besucherpforte passiert hatte, durch den strömenden Regen über Pfützen und Matschlöcher auf Mrs Holligans Haus zu. Bob und Peter folgten dem Ersten Detektiv, der nun auf der Veranda Schutz vor dem Regen gefunden hatte. Bobs Haare klebten an der Stirn und seine Brille, die er am Morgen gegen die Kontaktlinsen ausgetauscht hatte, war völlig mit Regentropfen benetzt, so dass er kaum etwas sehen konnte. »Gibt's hier irgendwo eine Klingel? Wenn ja, dann tut mir bitte den Gefallen und bimmelt die alte Dame aus ihrem Nachmittagsschläfchen. Bei diesem Sauwetter schickt man ja keinen Hund vor die Tür!«

Justus' Blick glitt den Türrahmen entlang. Doch eine Klingel oder ein Namensschild war auch nach längerem Suchen nicht zu entdecken.

»Klopf doch mal«, schlug Peter vor. Er spähte vorsichtig durch die halb verglaste Eingangstür, die von innen mit Spitzengardinen verhängt war. Trotz der großen Maschen war von außen nicht viel zu erkennen. Im Inneren war es dunkel.

»Wahrscheinlich ist niemand zu Hause«, vermutete Bob.

»Abwarten«, erwiderte Justus, trat an die Eingangstür und klopfte energisch an die Scheibe. Im Haus blieb alles still, während das Unwetter draußen immer heftiger und lauter wurde. Justus startete einen zweiten Versuch, diesmal jedoch energischer. »Mrs Holligan! Hallo! Sind Sie zu Hause? Mrs Holligan!«

Stille.

»Just, Bob scheint Recht zu haben. In dem Haus rührt sich nichts und niemand.«

»Also gut, Kollegen. Blasen wir zum Rückzug und kommen später noch mal wieder.« Justus war bereits im Begriff, Bob und Peter zu folgen, als er plötzlich innehielt und seine Augen aufleuchteten. Aus dem Inneren der Villa waren schlurfende Schritte zu hören, die sich langsam der Tür näherten.

Psychoanalyse

Der Schlüssel rumorte eine Weile im Schloss, als würde es klemmen. Doch dann öffnete sich die Tür einen Spalt und Justus erkannte das Gesicht von Mrs Holligan, die die drei Detektive durch ihre dicke Brille hindurch misstrauisch ansah. »Was wollt ihr?«, fragte sie barsch. Es schien Justus, als weigere sie sich ihn wiederzuerkennen.

»Guten Tag, Mrs Holligan.« Justus trat näher an die Tür. »Sie erinnern sich doch an mich? Wir trafen uns gestern in der Praxis und ...«

»Was wollt ihr?«, wiederholte sie unfreundlich. »Wir waren nicht verabredet.«

»Nicht im herkömmlichen Sinn, Mrs Holligan«, konterte Justus. »Aber Sie gaben mir Ihre Adresse, damit wir Verbindung miteinander aufnehmen. Ich hingegen gab Ihnen unsere Karte.«

»Das weiß ich«, erwiderte sie. »Doch waren wir meines Erachtens so verblieben, dass ich mich bei Bedarf bei euch melde und nicht umgekehrt!«

»Bedeutet das, dass Sie unsere Hilfe nicht mehr benötigen?« Justus überlegte fieberhaft, weshalb die alte Dame ihm gegenüber plötzlich so abweisend reagierte, und warf verstohlen einen Blick zu Bob und Peter hinüber. Die beiden fühlten sich in ihrer Vermutung über Mrs Holligans Geisteszustand sichtlich bestätigt. Das Unwetter tobte noch immer und Mrs Holligan schien nicht im Traum daran zu denken, die drei ins Haus zu bitten.

»Ganz recht«, antwortete sie. »Ich danke dir wirklich herzlich für deine Anteilnahme und bedaure sehr, dass du und deine Freunde den weiten Weg nach Malibu unternommen habt, um mir zu helfen. Doch muss ich euch darüber in Kenntnis setzen, dass es für euch hier in diesem Haus nichts mehr aufzuklären gibt. Geht jetzt bitte und verlasst mein Grundstück.«

Doch Justus war nicht bereit das Feld so ohne weiteres zu räumen. »Heißt das, Ihre Schwester hat von den Terroranschlägen abgelassen?«

Mrs Holligans Augenlider begannen nervös zu flattern. »Ich möchte nicht mehr darüber reden. Besser gesagt, ich soll es nicht mehr tun.«

»Wer hat Ihnen das gesagt?«, schaltete Peter sich in die Unterhaltung ein. »Etwa Ihre Schwester?«

»Meine Therapeutin. Und ich habe mich jetzt ausschließlich für ihre Hilfe entschieden. Es tut mir Leid für euch, aber ich muss an meine Gesundheit denken.«

»Wäre es nicht ratsamer, zweigleisig zu fahren, Madam?« Justus sah im Geiste den Auftrag an die drei ??? in weite Ferne davonschwinden, wollte aber nicht lockerlassen. »Dr. Franklin könnte doch auf dem geistigen Gebiet weiterforschen, während Peter, Bob und ich Stellung vor Ort beziehen. Wir warten einen weiteren Anschlag ab, wer oder was auch immer dahinter stecken mag.«

Mrs Holligan zögerte einen Moment. »Das geht nicht. Ich brauche absolute Ruhe. Ich ärgere mich schon, dass ich überhaupt die Tür geöffnet habe. Nehmt das bitte nicht persönlich, aber ich brauche meine Zeit jetzt ausschließlich für mich allein.«

»Gehört das zu Ihrem Therapieprogramm?« Justus

spürte, dass sich das Gespräch dem Ende näherte. Er wollte aber unbedingt noch mehr Informationen haben.

Die Füße der alten Dame begannen unruhig zu wippen. »Ja«, antwortete sie. »Ich muss jetzt vergessen. Das ist ein wichtiger Teil der Therapie. Ich habe noch eine Menge aufzuarbeiten.«

»Hat sich denn bei Ihnen in der Zwischenzeit noch etwas Merkwürdiges ereignet?« Justus hoffte inständig, dass ihm Mrs Holligan diese letzte Frage noch beantworten würde.

»Diese Salamitaktik brauchst du bei mir gar nicht anzuwenden, junger Mann. Das fruchtet nicht. Ihr müsst die Dinge so akzeptieren, wie sie nun mal sind.« Sie warf Justus einen eindringlichen Blick zu. »Bitte geht jetzt. Und kommt nicht wieder. Guten Tag.« Die Tür wurde geschlossen.

Regentropfen trommelten noch immer auf das Terrassendach und rauschten mit lautem Plätschern das Regenrohr hinab.

»Jetzt sehe ich dich das erste Mal sprachlos, Erster.« Bob schob seine Brille, die er während des Gesprächs mit Mrs Holligan mit einem Zipfel seines T-Shirts trockenpoliert hatte, in die Seitentasche seiner weiten Rapperhose. »Ich erspare mir jeden weiteren Kommentar zu dieser eben geführten Unterhaltung.«

»Die Zeit hätten wir besser nutzen können«, ergänzte Peter. »In unserer Zentrale wartet eine Menge Arbeit auf uns. Wenn ich erst an das Geschirr denke, das … Heh, Justus! Hörst du uns überhaupt zu? Justus!«

Automatisch hatte der Erste Detektiv begonnen an seiner Unterlippe zu kauen. »Irgendetwas stimmt da nicht, Kollegen.«

»Wahr gesprochen, Just. Aber jetzt komm mal wieder auf den Teppich. Was ist denn nur mit dir los? Der Fall ist nichts für uns. Ich kann ja verstehen, dass du dieser Dame helfen willst. Aber ihre Reaktion war doch mehr als deutlich. Lassen wir sie also in Ruhe.«

Peter schloss sich Bobs Meinung an. »Der Frau geht es dreckig, das ist ganz deutlich zu sehen. Aber wir können da nichts unternehmen. Das ist die Aufgabe von Mrs Holligans Therapeutin.«

»Ihr habt wohl Recht, Kollegen. Machen wir uns also in unserer Zentrale ans Geschirrabwaschen.«

»Vernünftiger Vorschlag, Erster.« Bob legte freundschaftlich seinen Arm um Justus' Schulter. Peter setzte zum Sprint an. »Also, zurück zum Wagen. Wer Letzter ist, muss abtrocknen!« Damit sprang der Zweite Detektiv mit einem Satz die Treppenstufen hinab und rannte in rekordverdächtigem Tempo durch den strömenden Regen zurück zu seinem MG. Justus wusste, dass er schon verloren hatte. Sein fülliger Körper wabbelte beim Laufen wie ein Wackelpudding, als er schnaufend über tiefe Schlammlöcher und Pfützen hinweg hinter Bob herrannte.

Gegen Abend hatte sich das Unwetter gelegt. Der Regen auf dem Asphalt des Schrottplatzes von Titus Jonas war verdampft und die Luft war nach dem langen Schauer angenehm frisch. Bob und Peter hatten während ihrer Aufräumaktion in der Zentrale vergeblich versucht Justus wieder aufzumuntern. Wortkarg und in Gedanken an Mrs Holligan hatte er etliche Gläser und Becher abgetrocknet, während ihm eine Menge Fragen durch den Kopf schwirrten. Warum hatte die alte Dame ihnen den Auftrag wieder entzogen? Wie gedachte sie mithilfe einer Psychotherapeutin den Anschlägen ihrer Schwester zu entgehen und was war mit der Bemerkung der Salamitaktik gemeint? Hatte das Ganze überhaupt einen Sinn oder waren bei Mrs Holligan tatsächlich einige Sicherungen durchgeknallt?

Für Peter und Bob war der Fall erledigt. Nachdem sie die Zentrale wieder in einen ansehnlichen Zustand gebracht hatten, verabschiedeten sie sich und fuhren nach Hause. Auch Justus verließ den Wohnwagen und schlenderte über den Schrottplatz. Durch das Küchenfenster konnte er Tante Mathilda beobachten, die damit beschäftigt war, den Abendbrottisch zu decken. Missmutig betrat er die Wohnung und setzte sich stumm an den Küchentisch. Der Erste Detektiv erwartete von seiner redseligen Tante in ein Gespräch verwickelt zu werden, doch diesmal irrte er sich. Abwesend goss sie den Tee in die bereitstehenden Tassen und rief nach Onkel Titus, der im Badezimmer versuchte seine Hände vom klebrigen Öl zu befreien, mit dem er beim Auswechseln des Motors seines Lastwagens in Berührung gekommen war. Mit einem halbwegs zufrieden stellenden Ergebnis trottete Justus' Onkel schließlich in die Küche und blickte seine Frau liebevoll an. »Nun«, fragte er. »Hat sich Emily wieder erholt?«

Tante Mathilda seufzte tief. »Erholt wäre übertrieben, aber ich denke, wir sollten über etwas anderes reden. Zumindest bei Tisch.«

Justus wurde hellhörig. »Wovon sprecht ihr?«

Onkel Titus warf Tante Mathilda einen viel sagenden Blick zu. »Unser Neffe ist alt genug.«

»Jetzt macht ihr mich aber wirklich neugierig. Was

ist denn mit Emily?« Justus konnte sich an Tante Mathildas Freundin gut erinnern. Seit vielen Jahren verband sie eine innige Freundschaft mit Emily, die in Lake Tahoe als Haushälterin des berühmten Spieleverlegers Michael Oames beschäftigt war. Vor einiger Zeit war Tante Mathilda für ihre Freundin eingesprungen, da Emily wegen eines schweren Unfalls im Krankenhaus gelegen hatte.

»Als die Ärzte Emily damals untersuchten, stellten sie bei ihr eine weitaus schlimmere Krankheit fest als die ohnehin schon schweren Knochenbrüche.« Tante Mathilda machte eine Pause, dann ergänzte sie: »Die Diagnose war Krebs. Ein bösartiger Tumor im Unterleib. Und wenn du mich jetzt fragst, wieso ich nicht mit dir darüber gesprochen habe, Justus, kann ich dir nur sagen, dass dies auf ausdrücklichen Wunsch von Emily geschah. Sie wollte niemanden damit belasten. Selbst mich nicht. Doch dann entschied sie sich zum Glück anders.«

»Wozu entschied sie sich?«

Tante Mathilda rührte optimistisch mit dem Löffel in ihrer Teetasse. »Es gibt da gewisse Chancen, diese Krankheit zu besiegen, und eine davon ist, dass sich Emily neben den wirklich unangenehmen Chemotherapien zusätzlich einer Gesprächstherapie unterzieht.«

»Das bedeutet«, erklärte Onkel Titus, »dass neben der medizinischen Hilfe zusätzlich noch eine psychische Hilfe zur Unterstützung angeboten wird. Die Gewissheit, dass der eigene Körper von möglicherweise tödlichen Geschwüren befallen ist, wirft viele Menschen aus ihrem seelischen Gleichgewicht. Urplötzlich sehen sie sich mit dem Tod konfrontiert, obwohl sie kurz zuvor noch das blühende Leben selbst waren.«

»Ganz recht«, fügte Tante Mathilda hinzu. »Die Gesprächstherapie ermöglicht es einem Patienten, seine Krankheit anzunehmen und sich mit ihr auseinander zu setzen. Er lernt beispielsweise den Krebs als eine Tatsache zu sehen und dem Leben trotzdem noch etwas Positives abzugewinnen. Was den Kranken zu diesem Zeitpunkt meist schier unmöglich erscheint.«

Tante Mathilda suchte krampfhaft nach einfacheren Worten. »Was ich damit sagen will, ist, dass der stark mitgenommene seelische Zustand eines Menschen vom Therapeuten wieder hergerichtet werden muss, um die Heilung im Körper zu unterstützen. Ich werde es dir an einem Beispiel erklären. Wenn du morgen eine schwierige Klassenarbeit schreiben müsstest und du vor lauter Prüfungsangst Durchfall bekämst, solltest du dir, neben den Kohletabletten, die du einnimmst, sagen, dass deine Angst vor den scheinbar unlösbaren Prüfungsfragen nur hinderlich ist. Und zwar für deinen Körper und deinen Geist. Sprich stattdessen mit mir oder deinen Freunden darüber.«

»Wenn du selbst nicht betroffen bist, Tante, sagt sich das sehr leicht. Es ist immer einfacher, die Sorgen anderer philosophisch zu betrachten, als die eigenen«, erwiderte Justus und erinnerte sich recht deutlich an seine Schweißausbrüche, die er vor und während des letzten Sportwettkampfes erlitten hatte, an dem er unfreiwillig teilnehmen musste.

Doch Tante Mathilda fuhr unbeirrt fort. »Natürlich lässt sich eine Klassenarbeit nicht mit einer schwer wiegenden Krankheit vergleichen. Aber im Grunde geht es hier um die gleiche Sache. Einem Menschen während einer harten Phase gut zuzureden wirkt oft Wunder. Man muss sich mit den Problemen im Leben auseinander setzen. Nur fehlt manchen Leuten dazu der Mut. Und diese Hilfe leistet die Gesprächstherapie. Mit ihrer Hilfe hat Emily das Schlimmste überstanden und ist langsam auf dem Weg der Besserung. Die Tumore haben sich zurückgebildet und ihr seelisches Gleichgewicht ist wieder stabil. Beruflich muss sie jedoch noch etwas kürzer treten. Die Ärzte haben ihr erst mal eine sechswöchige Kur verschrieben.«

»Dass Emily dir schließlich ihre Krankheit anvertraut hat«, grübelte Justus, »meinst du, das ist auf die Gesprächstherapie zurückzuführen?«

»Das meine ich nicht nur, das weiß ich. Die Therapeutin sagte ihr, sie solle keine Gefühle unterdrücken und über alle Ängste und Sorgen frei sprechen. Sie sollte sich auf keinen Fall von ihren Mitmenschen isolieren. Und deshalb fing Emily an offen mit mir über ihre Krankheit zu sprechen. Vertrauen war dabei natürlich die Grundvoraussetzung.«

Onkel Titus hatte in der Zwischenzeit ordentlich zugelangt und auf seinem Teller Brot, Käse und Wurst angehäuft. Das erinnerte Justus an Mrs Holligans Satz mit der Salamitaktik. »Tante Mathilda«, fragte er, »was würde denn geschehen, wenn die Therapeutin dem Patienten genau das Gegenteil verordnet?«

»Eine interessante Frage. Was wäre denn deiner Meinung nach das Gegenteil?«

»Dass man sich seinen Mitmenschen gegenüber verschließt, schweigt und sich zurückzieht.«

»So ein Unsinn, Junge. Darüber haben wir doch eben gerade gesprochen.« Tante Mathilda sah Justus belehrend an. »Gerade das will die Therapeutin doch verhindern.«

»Du bist also der festen Überzeugung, eine solche, wie von mir eben beschriebene Therapiemethode gibt es nicht?«

Nun wurde Tante Mathilda unsicher. Doch schließlich schüttelte sie den Kopf. »Eine seriöse Therapeutin würde so etwas sicher nicht verordnen. Das wäre ja geradezu verwerflich. Wer hat dir so einen Unsinn erzählt?«

»Ich war doch gestern bei Dr. Hendrixen zur Vorsorgeuntersuchung und da kam ich mit einer Patientin von Dr. Franklin ins Gespräch.«

»Die ist doch auch Emilys Therapeutin gewesen! Eine absolute Expertin!« Tante Mathilda geriet geradezu ins Schwärmen. »Und die soll so einen Unsinn verordnet haben? Das glaubst du doch wohl selbst nicht! Bist du sicher, dass du da nichts in den falschen Hals bekommen hast? Ich weiß zwar nicht, wie diese Patientin überhaupt darauf kommt, dir so etwas zu erzählen, aber wenn das tatsächlich stimmen sollte, dann wirft das mein gesamtes Wissen über den Haufen.«

Dem konnte Justus nur zustimmen. Er hatte der ganzen Geschichte gegenüber ein ungutes Gefühl. Mrs Holligans Schilderungen wollten nicht aus seinem Kopf verschwinden.

»Wir hatten vereinbart demokratisch abzustimmen, Just! Bob und ich sind dagegen.«

Peter gesellte sich verschwörerisch zu Bob.

Der Erste Detektiv hatte nach dem Gespräch mit seiner Tante und seinem Onkel die Nacht über kaum ein Auge zugetan und gegen zwei Uhr früh entschieden eine erneute Besprechung mit seinen beiden Kollegen zu führen. Jetzt saßen Peter und Bob in ihrer Zentrale auf dem Schrottplatz und Justus erläuterte ihnen seine Zweifel, die ihm gegenüber Dr. Franklins dubioser Therapieverordnung gekommen waren. Dass sich Tante Mathilda Justus' Theorie anschloss, schien Peter in keiner Weise zu interessieren. Er zählte auf Bob und hoffte inbrünstig, dass dieser ihm keinen Strich durch die Rechnung machen würde, wenn es darum ging, abzustimmen.

»Ich bin dagegen!« Demonstrativ hob der Zweite Detektiv seinen Arm. »Nun los, Bob. Sag doch auch mal was dazu.«

Bob zuckte verlegen mit den Schultern. »Ich weiß nicht recht. Irgendwie kann ich euch beide verstehen.«

»Das darf doch wohl nicht wahr sein!« Peter ging förmlich in die Luft. »Auf was für einem Trip seid ihr eigentlich? Justus begegnet in der Arztpraxis einer offensichtlich geistig verwirrten Frau, die Stimmen hört und uns einen Fall überträgt, um ihn uns kurz darauf, aus meiner Sicht aus nachvollziehbaren Gründen, wieder zu entziehen. Und was plant Justus? Er will sich mit aller Macht in das Privatleben dieser Dame drängen, obwohl sie uns gestern eine ganz klare Abfuhr erteilt hat.«

»Was, glaubst du denn, hat Mrs Holligan dazu bewogen, uns wieder wegzuschicken?«, fragte Justus provozierend.

»Schon mal was von Abgrenzung gehört?« Peter warf Justus einen anklagenden Blick zu und übernahm auch gleich die Antwort. »Vermutlich nicht, bei deiner penetranten Art, Leuten auf den Pelz zu rücken. Aber du musst endlich mal einsehen, dass es auch Menschen gibt, die anders empfinden als du. Es gibt nun mal Momente im Leben, in denen man mit niemandem sprechen möchte. Auch mit dir nicht, Erster. Das ist zwar hart, sollte aber endlich mal in deinen Dickschädel gehen! Also, ich für meine Person kann die alte Dame recht gut verstehen.«

Fassungslos ließ Justus diese Standpauke über sich ergehen und für einen Moment fehlten ihm sogar die Worte, um Peters Anklage etwas entgegenzusetzen.

»Nun mach aber mal einen Punkt, Peter«, schritt Bob ein. »Du solltest nicht vergessen, dass uns Justus' aufdringliche Art schon in vielen Fällen aus der Misere geholfen hat. Und in einem Punkt muss ich unserem Chef leider beipflichten: An Dr. Franklins therapeutischer Behandlungsmethode ist etwas oberfaul.«

»Könntest du uns das genauer erklären?«, wollte Peter wissen.

»Was ich in der Sache beizutragen habe, Kollegen, wird euch sicherlich interessieren. Ich habe vorhin in der Bibliothek zu dem Thema ›Stimmen aus dem Nichts‹ Material zusammengetragen.«

»Du hast in diesem Fall bereits Erkundigungen eingeholt? Alle Achtung!« Stolz blickte Justus zu seinem Freund hinüber. »Dann lass mal hören!«

Bob setzte sich im Schneidersitz auf den breiten Sessel. »Das Phänomen, Stimmen wahrzunehmen, die die Mitmenschen nicht hören können, ist verbreiteter, als ich selbst angenommen habe. Laut Statistik leiden fünf Prozent der gesamten Weltbevölkerung unter dieser – man muss wirklich sagen: ›Tatsache‹. Und der Medizin ist es bis heute nicht gelungen, eine physikalische oder sonst wie plausible Erklärung dafür zu liefern. Dazu muss erwähnt werden, dass selbst Johann Wolfgang Goethe interessante Diskussionen mit imaginären Gesprächspartnern zu führen pflegte. Auch Robert Louis Stevenson, der Autor des Buches ›Die Schatzinsel‹ und auch der Geschichte von ›Dr. Jekyll und Mr Hyde‹, hatte unsichtbare Talkgäste in seinem Kopf, denen er spaßeshalber den Namen ›Brownies‹ gab. Ihr seht also, dass Mrs Holligan mit ihrem Leiden – wenn es denn ein Leiden ist – nicht allein steht. Ganz im Gegenteil: Hirnforscher, Psychologen und Psychiater sind dem Geheimnis schon seit Ewigkeiten auf der Spur ohne bisher zu einem befriedigenden Ergebnis gelangt zu sein. Die Medizin ist hier noch immer im Stadium der Grundlagenforschung. Das bedeutet mit einfachen Worten: Ob es sich bei diesem Phänomen um eine Krankheit, eine Begabung, einen göttlichen Funken oder schlichtweg um eine Störung der Gehirnfunktion handelt, darüber sind sich die Herren und Frauen Wissenschaftler nicht einig. Die Spezialisten unter ihnen sind sich jedoch über eines im Klaren: Zu den Geisteskrankheiten zählt dieses Phänomen nicht. Das bewiesen zahllose

Versuche und Tests, denen sich die Patienten freiwillig unterzogen haben. Man kann nur mit Sicherheit sagen: Wenn sich Menschen, die innere Stimmen hören, zurückziehen und es um sie herum still wird, werden die Stimmen lauter. Deshalb sind die Psychologen und Therapeuten sehr darauf bedacht, dass sich ihre Patienten nicht von ihren Mitmenschen isolieren. Und das bedeutet, dass ich Justus zustimmen muss. Dr. Franklins Behandlungsmethode scheint mir recht fragwürdig zu sein. Denn wenn sie Mrs Holligan verordnet hat sich zurückzuziehen und mit keinem Außenstehenden, in diesem Falle uns, über die Stimmen aus dem Nichts zu sprechen, dann ist da irgendetwas im Busch.«

»Ausgezeichnet, Bob«, lobte Justus. »Du hast den gleichen Verdacht wie ich. Deine Recherchen decken sich eindeutig mit Tante Mathildas Schilderungen und meiner Vermutung. Nur eine Sache bereitet mir Kopfzerbrechen.«

»Und die wäre?«, fragte Bob neugierig.

»Tante Mathilda hält große Stücke auf Dr. Franklin. Immerhin hatte die Therapeutin mit ihrer Behandlungsmethode bei Emily große Fortschritte erzielt. Mithilfe der Gesprächstherapie konnte sie ihre Angst vor der Krankheit abbauen und ihrem Körper die nötige Unterstützung zur Genesung leisten. Bei Mrs Holligan wiederum verhält sich die Sachlage genau umgekehrt. Denn durch Abgrenzung und Abwehr lassen sich Ängste nicht mindern. Im Gegenteil! Und ich frage mich, wie Dr. Franklin gedenkt das Problem der alten Dame zu therapieren.«

»Vielleicht hat Mrs Holligan uns einen Bären aufgebunden«, entgegnete Peter. »Wenn meine Mutter beispielsweise keine Lust hat zu telefonieren, aber gerade von ihrer Tante angerufen wird, kommt es vor, dass sie das Gespräch vorzeitig mit der Begründung abbricht, sie sei jetzt müde oder habe Kopfschmerzen. Obwohl dies gar nicht der Fall ist. Es gibt eben Situationen, da möchte man sich dem anderen nicht mitteilen. Ohne Grund. Einfach so.«

»Das weiß ich«, erwiderte Justus. »Doch ihr hättet Mrs Holligans Gesicht sehen sollen, als ich ihr vorschlug den Fall zu übernehmen. In unserer ganzen bisherigen Detektivlaufbahn habe ich noch keinen Klienten erlebt, der so dankbar auf dieses Angebot eingegangen ist wie sie. Die alte Dame hat ein schwer wiegendes Problem und ich verlasse mich da auf mein Gefühl. Und das sagt mir: Mrs Holligan hat uns nicht aus freien Stücken so abgefertigt.«

»Dann meinst du, die Erklärung mit dem Therapieprogramm war nur vorgeschoben?« Bob überlegte. »Eine interessante Theorie. Aber wie kommst du darauf?«

»Für mich gibt es nur zwei Möglichkeiten«, schlussfolgerte Justus. »Entweder wurden wir gestern von Mrs Holligan aus einer reinen Vorsichtsmaßnahme heraus abgewimmelt oder sie wurde dazu gezwungen.«

»Wie kommst du auf Möglichkeit Nummer eins?«, wollte Bob wissen.

»Ganz einfach.« Justus setzte ein wichtiges Gesicht auf. »Metzla Holligan, ihre angeblich verstorbene Schwester, scheint bei ihren Attacken nicht zimperlich vorzugehen. Wenn sie das Haus verwüstet und sogar versucht ihre verhasste Schwester mit dem Auto zu überfahren, dann könnte es doch immerhin sein, dass uns Mrs Holligan vor ihr schützen will.«

»Aber uns will die Tote doch nicht ins Jenseits befördern«, bemerkte Peter, »sondern ihre Schwester Abigail.«

»Das ist zweifellos richtig. Doch bedenkt, wie leicht wir in die Schusslinie geraten könnten, wenn Metzla Holligan, oder wer sich auch immer als sie ausgibt, ihre Attacken ausübt. Dass wir den Anschlägen mit Sicherheit gewachsen wären, kann die alte Dame natürlich nicht wissen. Wir müssen sie erst davon überzeugen.«

»Und Möglichkeit Nummer zwei?«, fragte Bob interessiert.

»Die wäre, dass Mrs Holligan Dritten gegenüber erwähnt hat, dass sie uns als Detektive angeheuert hat. Dem großen Unbekannten könnte das nicht ins Konzept passen. Vielleicht hat er der alten Dame befohlen Abstand von uns zu nehmen.«

»Metzla Holligan«, kombinierte Bob. »Die verstorbene Schwester, die möglicherweise gar nicht tot ist?«

»Diese Theorie können wir getrost streichen. Abigail Holligan hat ihrer Schwester Metzla eigenhändig auf dem Totenbett die Augen geschlossen.« Justus' Gehirnapparat arbeitete auf Hochtouren.

»Also gut«, warf Peter ein. »Angenommen, wir können Mrs Holligans Worten Glauben schenken. Dann läuft die ganze Geschichte nur auf eine Sache hinaus: Jemand will die alte Dame in den Wahnsinn treiben. Er heuert eine Stimmen-Imitatorin an und diese startet bei Mrs Holligan den Telefonterror, bis die alte Dame schließlich entmündigt wird oder gar an Herzversagen stirbt.«

»Genau«, antwortete Justus und freute sich insgeheim, dass Peter sich nun doch für den Fall zu interessieren schien.

»Und woher wusste die Stimme am Telefon, dass sich Mrs Holligan in den Finger geschnitten hat?«, rief Bob seinen beiden Freunden diese ungeklärte Frage ins Gedächtnis zurück. »Darüber habe ich mir auch schon den Kopf zerbrochen.« Justus erhob sich vom Stuhl und lief in der engen Zentrale unruhig im Kreis herum. »Wie man es wendet und dreht, Kollegen, unsere Schlussfolgerungen führen zu nichts, wenn es uns nicht endlich gelingt, Nachforschungen vor Ort zu betreiben. Und das bedeutet im Klartext: Wir müssen Mrs Holligan dazu bewegen, die Karten offen auf den Tisch zu legen.«

»Und wie stellst du dir das vor?«, fragte Peter. »Willst du sie etwa dazu zwingen?«

»In gewisser Weise schon.« Justus gab sich zuversichtlich. »Wir starten einen zweiten Versuch. Fahren nach Malibu und konfrontieren Mrs Holligan mit unserem Wissen in puncto ›Gesprächstherapie‹. Mal sehen, wie sie darauf reagiert. Wir sagen ihr auf den Kopf zu, dass wir mit unseren Recherchen genau das Gegenteil von dem in Erfahrung gebracht haben, was sie uns weismachen wollte. Und dann warten wir ab. Nach meinen Überlegungen müssten wir sie damit in die Knie zwingen.«

»Das klingt verdammt massiv, Erster«, bemerkte Peter. Insgeheim war er jedoch brennend daran interessiert, Mrs Holligans Behausung, die ›Psycho‹-Villa, von innen zu begutachten.

»Außergewöhnliche Umstände erfordern außergewöhnliche Maßnahmen«, untermauerte Justus seinen Plan und fügte hinzu: »Wenn uns Mrs Holligan trotz allem eine zweite Abfuhr erteilt, lassen wir die Finger von diesem Fall. Das verspreche ich euch. Dann haben wir und sie eben Pech gehabt. Aber wir werden uns dieses Mal keinen Korb holen. Da bin ich mir sicher.«

»Und woher nimmst du diese Gewissheit?« Peter sah Justus fragend an.

»Im Gegensatz zur Mrs Holligan vertraue ich meiner inneren Stimme.«

»Einverstanden, Chef. Du kannst auf mich zählen!« Voller Tatendrang griff Bob nach seiner Jacke und warf Peter einen aufmunternden Blick zu. »Demokratisch ist die Sache geklärt. Ich schlage vor, wir machen uns gleich auf den Weg, um dieser undurchsichtigen Therapiegeschichte auf den Zahn zu fühlen. Sollten wir in diesem Fall tatsächlich vorankommen, spekuliere ich allen Ernstes auf einen Doktortitel in Psychotherapie!«

»Ich wäre dabei«, witzelte Peter. »Unser Firmenlogo könnten wir somit auch gleich übernehmen und mit einem großen Schild an unsere Praxis hängen. Denn was liegt schließlich näher als das unerforschte Gebiet der Psychologie mit drei Fragezeichen zu versehen?«

Mrs Holligans Haus schien an diesem sonnigen Vormittag längst nicht mehr so düster und Unheil verkündend wie am wolkenverhangenen Vortag. Justus keuchte und schwitzte. Peter und Bob hatten ihn – ebenfalls demokratisch – überstimmt, die weite Strecke von Rocky Beach nach Malibu mit den Fahrrädern zurückzulegen. Nun waren sie endlich am Ziel angelangt und ketteten ihre Bikes auf dem staubigen Vorplatz an den Zaun.

Wie am Tag zuvor betraten die drei Detektive die Veranda und Justus klopfte an die Fensterscheibe der Haustür. Einige Sekunden verstrichen. Dann vernahmen die drei die gewohnten Schritte, die sich der Tür näherten. Der Schlüssel wurde im Schloss herumgedreht und Mrs Holligan öffnete die Tür. Ein kurzer Blick in ihre Augen signalisierte dem Ersten Detektiv sofort, dass die alte Dame noch immer nicht bereit war die drei ??? willkommen zu heißen. Abweisend verschränkte sie ihre Arme und sah zu Boden.

Justus setzte sein optimistischstes Lächeln ein. »Mrs Holligan«, begann er, »ich weiß, dass Sie Ihre Ruhe haben wollen. Und uns liegt nichts ferner als diesen Wunsch zu ignorieren. Aber ich habe gestern die halbe Nacht wach gelegen und mich mit einer Frage beschäftigt, die nur Sie mir beantworten können.«

»Und die wäre?« Nun blickte die alte Dame hoch und sah Justus neugierig an.

»Ich habe sämtliche Freunde gefragt und etliche Lexika studiert, bin dabei jedoch nicht fündig geworden. Das Wort, mit dem Sie uns gestern konfrontierten, ist mir absolut fremd und ich wüsste von Ihnen gerne die Bedeutung.« Innerlich war Justus gespannt wie ein Regenschirm.

»Von welchem Wort sprichst du?« Mrs Holligan rückte ihre Brille zurecht.

»Von der Salamitaktik. Wir drei wissen zwar Bescheid, wenn es darum geht, den Begriff ›Salami‹ festzumachen. Doch in welchem Sinne versteckt sich die Taktik hinter einer Wurst?« Peter und Bob hatten Mühe, ein Grinsen zu verkneifen. Ihnen kam Justus' Frage ziemlich merkwürdig vor. Die alte Dame schien sich jedoch viel mehr darüber zu wundern, dass ihnen die Bezeichnung nicht geläufig war.

»Habt ihr drei schon mal was von ›Privatsphäre‹ gehört?« Mrs Holligan wartete die Antwort wie üblich gar nicht ab, sondern beantwortete ihre Frage selbst. »Vermutlich nicht, denn sonst wäre euch die Sache mit der Salamitaktik sicherlich geläufig.«

»Könnten Sie uns das vielleicht etwas genauer erklären?«, fragte Bob vorsichtig.

Für einen kurzen Moment huschte ein Lächeln über ihr Gesicht, während ihre Augen Justus' füllige Statur musterten. »Stell dir vor, du hast dir vorgenommen abzunehmen. Du öffnest den Kühlschrank und greifst dir eine verlockend aussehende Salami. Natürlich bist du dir im Klaren darüber, dass du eigentlich nichts davon essen dürftest. Es stünde im Widerspruch zu deiner Diät. Du schneidest dir aber trotzdem eine dünne Scheibe ab, weil du denkst, einmal ist keinmal. Dieses Spielchen treibst du weiter, bis du die Salami schließlich vollständig weggeputzt hast, obwohl du ja eigentlich eiserne Disziplin wahren wolltest. Und genauso verhältst du dich mir gegenüber. Ich habe euch darum gebeten, mich in Ruhe zu lassen. Und trotzdem versucht ihr Informationen aus mir herauszuholen, die ihr Scheibchen für Scheibchen von mir abschneidet, obwohl ich es gar nicht zulassen will.«

»Das lässt sich aber auf alles im Leben übertragen, Madam«, entgegnete Justus. »Mir liegt es zwar fern, mich intellektuell mit Ihren Ansichten zu messen, aber es ist doch so, dass wir Menschen uns alle ›Scheibe für Scheibe‹ vorantasten. Ob wir nun ein Buch lesen, eine Diskussion führen oder für den Geschichtsunterricht pauken müssen. Wenn Sie unseren zwischenmenschlichen Umgang sinnbildlich tatsächlich mit dem Aufschneiden einer Salami vergleichen, versteht sich.«

Peter war hinsichtlich Justus' Statement verblüfft und

bemerkte, dass Mrs Holligans anfängliche Ablehnung zu schwinden schien. Doch ehe er an Justus' Meinung anknüpfen konnte, erklang ein schrilles, ohrenbetäubendes Klirren aus dem Haus. Mrs Holligans Augen weiteten sich entsetzt, ehe sie schlagartig herumfuhr und die Treppe hinaufblickte, von wo das Geräusch gekommen war. Dann blickte sie die drei Detektive flehend und hilflos an. »Ihr müsst mir helfen ... bitte! Metzla ist zurückgekehrt!« Ihre Stimme zitterte. »Sie will mich umbringen!«

Dem Wahnsinn nahe

Geistesgegenwärtig trat Mrs Holligan einen Schritt zur Seite und wies Justus, Bob und Peter mit einer Handbewegung den Weg zum oberen Geschoss. Die drei stürmten die Treppe hinauf und sahen schon von weitem die Bescherung. Die Tür zu einem Raum, der rundherum mit prall gefüllten Bücherregalen ausgestattet war, stand offen. Glitzernde Glassplitter lagen über den gesamten Teppich verstreut und die Gardine vor dem Fenster flatterte im Luftzug, der durch die zerstörte Scheibe hereinwehte. Justus eilte zum Fenster und überblickte schnell das Gelände. Weit und breit war niemand zu sehen: keine Gestalt, die in der eher kargen Bepflanzung Deckung suchte, und auch kein Auto, das sich mit heulendem Motor aus dem Staub machte. Peter sah sich in der Bibliothek aufmerksam um. Er suchte den gesamten Boden nach einem Gegenstand ab, mit dem die Scheibe zerstört worden sein könnte. Doch er fand nichts.

Mrs Holligan war den drei ??? gefolgt und betrat nun zögernd ihre Bibliothek. Mit verdattertem Gesichtsausdruck blickte der Erste Detektiv die alte Dame an. Er wusste in diesem Moment nicht, wie er reagieren sollte.

»Wir ... wir sollten den Glaser verständigen«, gab er verlegen von sich.

»Das ist alles, was dir dazu einfällt, Erster?« Erneut ließ der Zweite Detektiv seine Augen über den Boden gleiten. »Wo ist der Stein oder was auch immer es war, mit dem der Unbekannte die Scheibe zertrümmert hat? Kann mir das dein Superhirn mal erklären?«

Die Glasscherben knirschten unter ihren Schuhen, als Mrs Holligan zu Justus ans Fenster trat. »Es gibt keine logische Erklärung für diese Dinge«, bemerkte sie. Doch sie schien von ihren Worten nicht ganz überzeugt zu sein.

»Daran glauben wir aber nicht, Mrs Holligan«, erwiderte Bob. »Auch wenn es vorläufig den Anschein hat.«

»Die Theorie, dass sich der Unbekannte hier im Haus aufhält, können wir jedenfalls streichen«, sprach Justus seine Überlegung aus. »Denn dann wäre die Scheibe nach außen gesplittert. Die Scherben liegen aber hier im Raum.«

Bob trat an die Wand und deutete auf zwei hölzerne Klappen, die mit metallenen Griffen versehen waren. »Ist das ein Speisenaufzug, Mrs Holligan?«

»Ganz recht«, antwortete die alte Dame. »Genauer gesagt, das war ein Speisenaufzug. Der Vorbesitzer des Hauses hat ihn stillgelegt, da er nicht mehr funktionstüchtig war. Und ich brauche so einen Schnickschnack nicht. Viel wichtiger jedoch erscheint mir die Frage, weshalb ...« Weiter kam Mrs Holligan nicht, denn plötzlich fuhr Justus zusammen, legte seinen Finger an die Lippen und ermahnte die anderen still zu sein. Ein eigenartiges Quietschen war zu hören, es rumorte und summte. Wieder zuckte Mrs Holligan ängstlich zusammen. »Das ... das ist der Speisenaufzug«, presste sie hervor. »Aber das gibt es doch nicht!«

»Schnell, Kollegen«, zischte Justus. »Runter in die Küche!« Der Erste Detektiv hechtete aus der Bibliothek und übersprang, dicht gefolgt von Peter und Bob, beim Hinablaufen der Treppe mehrere Stufen gleichzeitig. Unten angekommen riss er instinktiv die Tür zur Küche auf und starrte fassungslos in den Fahrkorb des geöffneten Speisenaufzuges. Er war leer!

»Kollegen, was geht hier ab?« Irritiert ließ Justus seinen Blick durch die Küche wandern. »Hier ist niemand! Es muss aber doch jemand den Aufzug in Bewegung gesetzt haben! Hätte er die Küche verlassen, hätten wir ihn von oben sehen müssen. Die Tür war aber geschlossen und das Fenster ist verriegelt.«

Nun trat auch Mrs Holligan heran. Sie japste nach Luft und wischte sich die Schweißperlen von der Stirn. »Aber ... aber wieso ist der Speisenaufzug denn offen? Die Klappen waren doch zugenagelt. Die Türen ließen sich überhaupt nicht öffnen! Das weiß ich genau!« Zögernd kam sie näher und nahm das Innere der altertümlichen Apparatur in Augenschein. »Wenn ihr mir wirklich helfen wollt, dann wisst ihr jetzt, worauf ihr euch einlasst. Metzla irrt als Racheengel in diesem Haus herum und wird nicht eher Ruhe geben, bis ich unter der Erde liege.«

»Wer besitzt einen Schlüssel zu diesem Haus?«, fragte Peter unvermittelt und sah Mrs Holligan eindringlich an.

»Niemand! Außer mir natürlich.«

»Könnte sich denn jemand einen Nachschlüssel besorgt haben?«, hakte Justus nach.

»Ausgeschlossen. Ich verfüge über einen Sicherheitsschlüssel. Die Nummer ist registriert. Ohne meine Einwilligung darf kein Schlosser der Welt ein Duplikat davon anfertigen. Er würde sich strafbar machen.«

»Aber Speisenaufzüge setzen sich doch nicht von alleine in Bewegung«, bemerkte Bob.

»Dann bleibt nur noch die Theorie, dass sich der Unbekannte auf eine andere Weise Zutritt zu diesem Haus verschafft hat und sich möglicherweise ... noch immer hier versteckt.«

»O Gott!« Mrs Holligans Augen weiteten sich. »Sag doch so was nicht. Wo sollte er sich denn verkriechen ohne von mir entdeckt zu werden?«

»Eine gute Frage. Das Haus ist ja recht groß. Vielleicht steckt er aber auch in dem Schacht des Speisenaufzuges. Fährt dieses Ding bis hinunter in den Keller oder ist die Küche die Endstation?« Justus ging in die Knie und suchte nach eventuellen Spuren, die der Eindringling hinterlassen haben konnte.

»Dieses Haus hat keinen Keller. Es besteht lediglich aus zwei Geschossen und einem kleinen Dachboden.«

»Wissen Sie denn, wie dieser Aufzug früher in Bewegung gesetzt wurde?«, fragte Justus. »Ich kann hier keinen Schalter entdecken.«

Die alte Dame schlurfte zur Anrichte, über der eine lange abgegriffene Kordel hing. »Wenn man hier zog, fuhr der Fahrstuhl in den ersten Stock und umgekehrt. Doch wie gesagt, das alte Ding ist nicht mehr in Betrieb.«

»Entschuldigen Sie, Madam.« Bob trat näher und zog mit einem kräftigen Ruck an dem Tau. Sofort quietschte und rumorte es. Dann glitt der Speisenaufzug ins obere Geschoss hinauf.

»Das wäre also geklärt«, stellte Justus fest. Er steckte seinen Kopf zwischen die Aufzugklappen und blickte den leeren Schacht hinauf. »Hier ist niemand. Und doch muss jemand in der Küche an der Kordel gezogen haben.«

»Aber ich schwöre euch«, Mrs Holligan hob die Hand, »der Mechanismus des Aufzugs war außer Betrieb.«

»Dann muss ihn jemand wieder in Gang gebracht haben ohne Sie davon in Kenntnis zu setzen«, vermutete Peter. »Stellt sich nur die Frage: wer und wozu?«

Bob zog erneut am Tau. »Es bliebe aber auch noch die Möglichkeit, dass Sie bisher nicht kräftig genug daran gezogen haben. Vielleicht hatte sich auch nur irgendetwas verhakt.«

Die Kabine des Speisenaufzuges kam den Schacht wieder herab und hielt.

»Kollegen, wir verteilen uns.« Justus gab klare Anweisungen. »Peter, du siehst dich draußen im Garten um. Mach die Stelle ausfindig, von wo der Unbekannte den Stein in Mrs Holligans Bibliothek geworfen haben könnte, und halte nach Fußabdrücken und ähnlichen Spuren Ausschau. Mrs Holligan, Bob und ich schauen uns inzwischen hier im Haus um. Natürlich nur, wenn es Ihnen recht ist, Madam.«

»Aber natürlich! Lasst uns sofort damit beginnen.« Die alte Dame ging voran und trat in den Flur hinaus. »Ich habe keine Geheimnisse vor euch. Seht hinter jeder Tür nach und rollt jeden Teppich zur Seite. Sollte sich ein Unbefugter hier verstecken, dann müssen wir ihn aufspüren!«

Während Justus, Bob und Mrs Holligan damit begannen, das Haus zu durchsuchen, ging Peter in den Garten und inspizierte das Gelände. Doch nirgends fand sich eine Spur. Der Eindringling schien sorgfältig vorgegangen zu sein.

Entsprechend niedergeschlagen saßen die drei Detektive und Mrs Holligan einige Zeit später im Wohnzimmer der alten Dame und debattierten darüber, wie der Unbekannte es fertig gebracht haben könnte, bisher im Verborgenen zu agieren ohne entdeckt zu werden. Sie kamen jedoch zu keinem Ergebnis.

»Ich muss gestehen, Madam, dass sich unsere Theorien nicht belegen lassen.« Justus griff in eine Schale mit Gebäck, die auf dem Tisch stand, und knabberte gedankenversunken an einem Keks. »Bitte halten Sie mich nicht für indiskret, aber meiner Ansicht nach kann es dem Unruhestifter nur um eine Sache gehen. Deshalb meine Frage an Sie: Sind Sie eigentlich vermögend, Mrs Holligan?«

»Du meinst, da hat es jemand auf mein Geld abgesehen?« Die alte Dame setzte ihre Teetasse ab. »Da kann die Person aber lange warten. Testamentarisch habe ich bereits alles geregelt. Nach meinem Tod wird mein gesamter Besitz an eine Stiftung für Tumorkranke überschrieben. Ich habe meine Schwester lange leiden sehen und hoffe den Menschen mit meinem Geld helfen zu können, die ebenfalls mit dieser schrecklichen Krankheit kämpfen müssen. Ihr seht also, bei mir ist nichts zu holen.«

»Ob das der große Unbekannte auch weiß, ist fraglich«, überlegte Bob. »Und was ist mit der Textilfabrik Ihrer Schwester? Wem gehört die jetzt?«

»Als Metzla von ihrer Krankheit erfuhr, hat sie die Firma mir übertragen.« Mrs Holligan nahm die Brille von der Nase und rieb ihre müden Augen. »Zuerst hatte ich das nicht recht verstanden, da sie mich ja abgrundtief hasste. Aber dann kam ich schnell dahinter.

Um die Fabrik stand es finanziell sehr schlecht. Sie schrieb rote Zahlen. Diesen ›Fluch‹ wollte Metzla mir wohl testamentarisch anhängen. Zum Glück fand ich einen schlauen Unternehmer, der den Betrieb wieder auf Erfolgskurs brachte.«

»Wenn finanziell bei Ihnen ›nichts zu holen‹ ist, Madam«, schlussfolgerte Peter, »dann muss es für diese Terroranschläge einen anderen Grund geben. Rache aus dem Jenseits können wir jedoch mit Sicherheit ausschließen.«

»Davon bin ich noch nicht ganz überzeugt«, erwiderte Mrs Holligan. »Aber ich hoffe, ihr habt Recht. Mir ist auf jeden Fall schon viel wohler, seit ihr euch dieser Sache annehmt.«

»Um welche Absicht könnte es dem Unbekannten noch gehen?«, warf Bob in die Runde.

»Vielleicht erlaubt sich da jemand einen üblen Scherz.« Peter war von dieser These zwar nicht besonders überzeugt. Aber seiner Meinung nach konnte es nicht schaden, auch diese Möglichkeit in Betracht zu ziehen.

»Wo läge da der Witz, Kollege?« Justus warf dem Zweiten Detektiv einen scharfen Blick zu.

»Na ja«, entgegnete dieser. »Dieses Haus hier ist doch die exakte Nachbildung der Villa aus dem Horrorfilm von Alfred Hitchcock. Da wäre es doch immerhin möglich, dass jemand auf die makabere Idee gekommen ist, Mrs Holligan das Gruseln zu lehren. Einfach so. Just for fun! Immerhin handelte es sich in dem Streifen ›Psycho‹ auch um eine tote Frau, bei der der Eindruck erweckt wurde, sie wäre noch am Leben. Ihr müsst doch zugeben, gewisse Parallelen sind da vorhanden.«

»Unsinn«, entgegnete Mrs Holligan. »Ich habe den Film zwar nie gesehen, so etwas ist mir viel zu unheimlich, aber ich glaube nicht, dass Richard so weit gehen würde.«

Justus blickte die alte Dame interessiert an. »Wer um alles in der Welt ist Richard?«

»Ein alter Freund von mir und zugleich ein fanatischer Fan alter Hollywood-Filme. Er hat dieses Haus in den sechziger Jahren nachbauen lassen, nachdem Hitchcocks Klassiker ›Psycho‹ Welterfolge feierte.« Mrs Holligan zeigte auf ein Foto, das eingerahmt über dem Schreibtisch hing. »Das ist Richard. Er lebte über dreißig Jahre in dieser Villa. Er war zwar ein eigenartiger Kauz, aber ein hundertprozentiger Freund.«

»Und wo lebt er jetzt?« Bob betrachtete das Foto und empfand für den Mann mit der Glatze und seinen schelmisch blickenden Augen eine gewisse Sympathie.

»Er verliebte sich auf einer Europareise in eine junge Frau und lebt jetzt mit ihr in Italien. Mir gefiel dieses Haus, obwohl ich, wie gesagt, diesen Gruselfilm nie gesehen habe. Ich habe es ihm spontan abgekauft. Wir waren Freunde und er würde niemals so tief sinken mich in den Wahnsinn treiben zu wollen. Außerdem weiß er, dass ich ein schwaches Herz habe.«

»Wie sieht es denn mit dem Grundstück aus?«, fragte Justus. »Hat Ihnen vielleicht jemand vor kurzer Zeit ein Angebot gemacht, das Sie abgelehnt haben?«

Mrs Holligan schüttelte den Kopf. »Nein, nein, nein! Ich habe auch mit niemandem Ärger, noch habe ich mir irgendetwas zuschulden kommen lassen. Diese unheimlichen Ereignisse müssen einen anderen Grund haben. Da bin ich absolut sicher!«

»Sicher können wir uns bei keiner unserer bisherigen Theorien sein, solange nicht das Gegenteil bewiesen ist«, gab der Erste Detektiv zurück. »Wer geht denn sonst noch so in diesem Haus ein und aus? Ich meine, haben Sie ein Dienstmädchen oder beschäftigen Sie vielleicht eine Putzfrau?«

»Wie käme ich denn dazu?«, fragte Mrs Holligan entrüstet. »Ich bin zwar alt, jedoch nicht so alt, dass ich mich um meinen Haushalt nicht mehr alleine kümmern könnte.«

»Kommen denn hin und wieder Freunde zu Besuch?« Justus blieb hartnäckig.

»Die Freunde, die ich hatte, leben nicht mehr.« Die Stimme der alten Dame wurde leiser. »Richard schickt zweimal im Jahr eine Postkarte aus Italien. Das ist alles. Mit dem Alter zieht die Einsamkeit in die Seele und man schließt auch so leicht keine neuen Freundschaften mehr. Ich bin misstrauisch geworden und habe mich zurückgezogen. Der Preis, den ich dafür zahlen muss, sind zum Teil große Depressionen.«

»Depressionen?«, fragte Peter interessiert. »Wie äußert sich das?«

»Einsamkeit. Stille. Eine tief sitzende Traurigkeit, die einen innerlich verbittert. Und das Schlimmste daran ist die Machtlosigkeit, nichts Konkretes gegen diese Krankheit unternehmen zu können. Ich sitze oft nur da und weine. Und meist weiß ich noch nicht einmal, wieso. Diese Stille ... und dieses leere Haus ...« Mrs Holligan schluckte. »Ich hatte gehofft, ein Ortswechsel würde mir gut tun. Aber das war wohl ein Trugschluss. Manchmal erscheint mir alles so sinnlos ... da möchte ich gar nicht mehr leben ...«

Justus, Peter und Bob waren betroffen und wussten nicht, wie sie sich verhalten sollten. Sie konnten den Gemütszustand der alten Dame nicht so recht einordnen. Zum einen Teil wirkte sie so energisch und voller Tatendrang. Doch dann schien sich irgendetwas in ihr zu ändern und plötzlich war sie nur noch ein Häufchen Elend, das man in den Arm nehmen wollte, um es zu beschützen.

Plötzlich klingelte das Telefon. Es schrillte so laut, dass Mrs Holligan erschrocken zusammenfuhr und schlagartig aus ihren melancholischen Gedanken gerissen wurde. »Metzla!«, stieß sie hervor. »Das ist sie! Ich spüre es!« Der Unterkiefer der alten Dame zitterte jetzt unaufhörlich, während es zum zweiten Mal durchdringend klingelte. Obwohl sich ihre Ahnung noch nicht bestätigt hatte, schien Mrs Holligan einem Herzanfall nahe und fasste sich mit schmerzverzerrtem Gesicht an ihr Herz. Aus ihrer Schürzentasche zog sie ein kleines Fläschchen hervor, öffnete es und träufelte sich einige Tropfen davon auf die Zunge. Als die Jungs ihr zu Hilfe eilen wollten, hatte sich die alte Dame schon wieder in der Gewalt und deutete auf das immer noch klingelnde Telefon. »Ich will jetzt wissen, wer dran ist!«

Justus sprang auf und griff mit beiden Händen nach dem Apparat. Er stellte ihn auf den Tisch und deutete auf einen Schalter. »Dann gehen Sie ran, Mrs Holligan. Das Telefon hat eine Lautsprechertaste. Wenn Metzla tatsächlich dran sein sollte, drücken Sie hier auf diesen Knopf!«

Die alte Dame hatte verstanden und nickte. Dann griff ihre runzelige Hand nach dem Hörer.

Zuerst geschah gar nichts. Doch dann weiteten sich Mrs Holligans Augen vor Entsetzen, während sie laut und hysterisch in den Hörer schrie. »Lass mich in Ruhe, Metzla!« Ihre Stimme überschlug sich. »Du sollst mich endlich in Ruhe lassen! Hörst du? Was habe ich dir getan, verdammt?«

Justus versuchte Mrs Holligan mit Handzeichen klar zu machen die Mithörtaste zu drücken. Doch die alte Dame schien alles um sich herum vergessen zu haben. Energisch drückte er den Knopf und fuhr sogleich erschrocken zusammen. Die drei ??? vernahmen ein irres, überdrehtes Lachen einer alten Frau, das kein Ende nehmen wollte. Peter bekam eine Gänsehaut und blickte angespannt auf den Lautsprecher.

Dann beruhigte sich das Lachen und ging in ein schnelles und heftiges Atmen über. »Ich werde nicht eher ruhen, bis du das Zeitliche gesegnet hast, du alte Schlampe! Ich werde mich rächen für das, was du mir angetan hast.« Wieder lachte die Stimme. »Weglaufen nützt dir gar nichts, hörst du? Du kannst dich verkriechen, wie eine Küchenschabe im Gebälk. Ich werde dich aufspüren und dich mit meinen Fingern zerquetschen! Das hast du dir alles selbst zuzuschreiben!«

Mrs Holligan stöhnte auf und krallte ihre linke Hand in die Sessellehne. »Wie kannst du mich nur so abgrundtief hassen? Antworte!«

Die unheimliche Stimme reagierte nicht auf die Aufforderung. Sie klang nun mehr nach einem Röcheln. »Jetzt stehst du vor den Scherben ...«

Es knackte. Die Verbindung war unterbrochen.

Fassungslos hielt Mrs Holligan den Telefonhörer in ihrer zitternden Hand. Sie schaute abwesend in die Gesichter der drei Detektive.

Justus nahm ihr den Hörer ab und legte ihn zurück auf die Gabel. »Äußerst charmant, Ihre Schwester«, bemerkte er trocken. »War das hundertprozentig ihre Stimme?«

»Da ... da gibt es keinen Zweifel«, stammelte sie noch immer mitgenommen und starrte gebannt auf das Telefon, als vermutete sie, dass es gleich erneut klingeln würde. Doch der Apparat blieb stumm. Der Erste Detektiv stand vom Sofa auf und ging im Wohnzimmer unruhig auf und ab, während er unentwegt und nervös an seiner Unterlippe zupfte. »Da treibt jemand ein sadistisches Spiel mit Ihnen. Und wir müssen wohl auch davon ausgehen, dass Ihre Schwester daran beteiligt ist.«

»Just, du meinst doch nicht etwa ... Metzla ist vielleicht noch gar nicht ...?« Peter wagte nicht auszusprechen, was er dachte.

»Doch. Dass Metzla nicht mehr unter uns weilt, steht fest. Aber es könnte doch sein, dass sie die Sache vor ihrem Tod mit eingefädelt und inszeniert hat.«

»Und wie soll das bitte funktionieren, Chef?« Bob blickte Justus herausfordernd an.

»Da lässt einfach jemand eine Kassette mit ihrer Stimme abspielen und die Illusion ist perfekt. Die einfachsten Methoden sind meist die wirkungsvollsten.«

»Ihr meint also, dass es so gemacht wurde?« Mrs

Holligan erhob sich mit einem Knacken in ihren Kniegelenken vom Sessel und baute sich vor Justus auf. »Ganz einfach, ja? Dann hätte ich aber eine Menge Fragen an dich und deine zwei Kollegen hier.«

»Schießen Sie los!« Justus ließ sich nicht aus der Ruhe bringen.

»Ihr geht also noch immer davon aus, dass es sich um Tonbandaufnahmen handelt, richtig?«

»Wenn Sie bestätigen, dass die Stimme am Telefon ohne Zweifel die Ihrer Schwester war, Sie ihr aber außerdem auf dem Totenbett, wie Sie sagten, selbst die Augen geschlossen haben, ja. Dann gibt es keine andere Möglichkeit.« Ein Funken Überlegenheit sprang aus Justus' Augen. Mrs Holligan sah ihn einige Sekunden stumm an, dann wurde ihr Gesicht unbewegt und ihr Finger deutete der Reihe nach auf Justus, Peter und Bob. »Drei Fragezeichen. Die Fragen dazu kann ich euch stellen. Ich schneide mir in den Finger und meine Schwester gibt am Telefon ihren Kommentar dazu ab. Ich bin in Sachen Technik zwar nicht sehr bewandert, doch wie soll das mit einem Tonband logisch funktionieren?«

Justus sah die alte Dame sprachlos an.

Diese fuhr unbeirrt fort. »Meine Fensterscheibe wird zerschlagen und nicht einer von euch kann mir sagen, womit. Dann setzt sich der Speisenaufzug wie von Geisterhand in Bewegung, obwohl niemand außer uns im Haus war. Wie ist das logisch erklärbar?«

Nun sah Mrs Holligan unmissverständlich zu Peter, dem der Mund noch immer offen stand. Bob ahnte, dass die nächste Frage an ihn gerichtet sein würde. Mit dieser Vermutung lag er richtig.

»Du hast doch eben auch Metzlas Stimme gehört. Ich sage dir: So, wie sie vorhin am Telefon geklungen hat, hustend und krächzend, das habe ich nur einmal erlebt. Kurz vor ihrem Ende. Und selbst Wochen davor wäre Metzla schon gar nicht mehr in der Lage gewesen, sich an einer Verschwörung gegen mich zu beteiligen. Ihr könnt es nicht wissen, aber glaubt mir, der Tumor war schon viel zu weit fortgeschritten. Metzla konnte gar keinen klaren Gedanken mehr fassen. Deshalb beantworte mir bitte eine letzte Frage: Ist ein todkranker Mensch im Fieberwahn noch in der Lage, Tonbänder mit bestimmtem Inhalt zu besprechen und diese dann auch noch vor mir zu verstecken? Metzla ist in ihrem eigenen Bett entschlafen. Ich war dabei und habe anschließend auch das Zimmer aufgeräumt. Da war nichts!«

Ein Schweigen machte sich breit. Den drei ??? war peinlich zumute. Sie waren Detektive und konnten doch der alten Dame keine ihrer Fragen beantworten. Sie sahen einander betroffen an und jeder hoffte insgeheim, einer von ihnen könnte Mrs Holligan zumindest eines der mysteriösen Ereignisse erklären. Sie mussten jedoch passen.

Die alte Dame begann die leeren Teetassen vom Tisch zu räumen. Diese Geste war deutlich.

»Wenn ihr mir auch nur eine der von mir gestellten Fragen plausibel und nachvollziehbar erklären könnt, überlasse ich euch den Fall. Ich denke aber, dass ...«

Justus ging es um die Ehre der drei ??? und er wollte sich nicht noch einmal von Mrs Holligan abspeisen lassen. Deshalb trat er schnell einen Schritt vor und fiel ihr ins Wort. »Wir werden Sie nicht enttäuschen, Madam. Wenn Sie erlauben, ziehen wir uns jetzt zu einer Besprechung zurück. Aber Sie werden von uns hören. Auf Ehre und Gewissen.«

»Also gut.« Mrs Holligan ging zur Haustür und öffnete sie. »Dann geht jetzt und macht eure Hausaufgaben. Wenn ihr erfolgreich wart, dann meldet euch. Ich bin müde und muss mich jetzt hinlegen.«

Die drei ??? traten auf die Veranda hinaus und wollten sich gerade verabschieden, als Mrs Holligan sich auf die Zehenspitzen stellte und in den Schlitz ihres Briefkastens schielte. Mit spitzen Fingern zog sie einen Umschlag heraus und betrachtete ihn von beiden Seiten. Ihr Blick glitt über den Absender. Dann stutzte sie und riss den Brief im Handumdrehen auf. Beim Lesen der Nachricht stieß sie eigenartige Laute hervor und Justus begann trotz der sommerlichen Temperaturen zu frösteln. Mrs Holligan wurde von einer plötzlichen tiefen Traurigkeit befallen und im selben Augenblick wurden ihre Augen feucht.

»Keine guten Nachrichten?«, fragte er vorsichtig und streifte sanft ihren Arm.

Wortlos reichte sie ihm den Brief, trat an das Verandageländer und starrte mit verlorenem Blick in die untergehende Sonne. Peter und Bob sahen Justus über die Schulter, als er den Zettel langsam auseinander faltete und zu lesen begann.

Sehr geehrte Abigail Holligan,
schon viele Wochen, wenn nicht gar Monate, sitze ich an meinem Schreibtisch vor einem leeren Blatt Papier und versuche mit Worten auszudrücken, was in meinem Kopf kreist und mir keine Ruhe mehr lässt.

Mein Name wird Ihnen nichts sagen. Ebenso wenig täte es mein heutiges Aussehen. Und doch glaube ich mit einiger Sicherheit, dass Sie mich niemals vergessen haben. Eigentlich wollte ich mich bei Ihnen persönlich melden, doch ich weiß nicht, ob Sie mich überhaupt wiedersehen wollen. Diese Vorstellung erfüllt mich mit Angst, aber ich könnte sie akzeptieren.
Meine Eltern sind vor vier Jahren bei einem Autounfall tödlich verunglückt und sie haben mich mit einer großen Lüge hier zurückgelassen. In ihrem Nachlass bin ich auf Unterlagen gestoßen, mit denen ich mich bis heute Tag und Nacht beschäftigt habe. Ich bin den darin enthaltenen Hinweisen nachgegangen und habe nun endlich die Wahrheit herausgefunden. Ich bin 54 Jahre alt und weiß erst jetzt, dass ich damals von Pflegeeltern adoptiert wurde. Heute wünsche ich mir nichts mehr, als endlich meine leibliche Mutter sehen zu dürfen und sie in meine Arme zu schließen.

Dein Sohn Ron

PS. Ich werde mich wieder melden.

Justus faltete den handgeschriebenen Brief wieder zusammen und reichte ihn Mrs Holligan, die sich noch immer am Geländer festhielt, während ihr die Tränen über das Gesicht liefen. »Entschuldigen Sie, Madam …«, begann er, doch die alte Dame wandte sich von ihm ab.

»Bitte geht jetzt«, schluchzte sie.

Als sich der Erste Detektiv auf der Einfahrt noch einmal nach ihr umblickte, stand sie noch immer auf der Veranda und starrte in die Ferne …

Ein Fall für die Couch

»Wir haben uns bis auf die Knochen blamiert!« Bob machte seinem Ärger Luft und schlug mit der Faust so heftig auf die Tischkante, dass der gesamte Campinganhänger vibrierte. »Das darf doch alles nicht wahr sein!«

Die drei ??? saßen in ihrer geheimen Zentrale und sahen einander ratlos an. Einen gewissen Teilerfolg hatten sie zwar verbuchen können, denn sie hatten es geschafft, Abigail Holligan als Auftraggeberin zu gewinnen. Doch zum eigentlichen Kernpunkt in dieser dunklen Angelegenheit waren sie noch immer nicht vorgedrungen.

»Nun komm mal wieder auf den Teppich«, versuchte Justus Bob zu beruhigen. »Ich gebe ja zu, dass wir uns etwas gründlicher um die Sache hätten kümmern müssen, doch aufgeschoben ist nicht aufgehoben.«

»Hätte-Hätte sitzt auf Klo und zieht die Kette!«, zog der Zweite Detektiv seinen Chef auf.

»Du hast es erfasst, Kollege«, erwiderte Justus. »Und genau dort hätte ich ansetzen müssen.«

»Was hättest du?«

»Ich hätte mir den Tatort umgehend ansehen sollen. Aber Dr. Miller hat mich in der Arztpraxis vor der Klotür am Pullover zurückgezogen und mir den Zutritt zur Damentoilette verwehrt.«

»Was ja auch kein Wunder ist.« Bob hatte sich inzwischen beruhigt und füllte den Wasserkessel, um Tee aufzusetzen.

»Ich hätte Lys informieren müssen. Wenn in dem Waschraum eine versteckte Apparatur gewesen wäre, mit der die Stimme von Mrs Holligans Schwester erzeugt wurde, hätte sie sie aufgespürt.« Justus hielt große Stücke auf seine Freundin. Er hatte sie während eines Falles, in dem die drei ??? einem Viruskiller auf der Spur waren, kennen und schätzen gelernt.

Lys de Kerk war eine junge Filmschauspielerin und durch die Hauptrolle in der ›Cosmic-Treck‹-Serie berühmt geworden. Schon des Öfteren hatte sie den Detektiven aus der Klemme geholfen und durch ihre rasche Kombinationsgabe zur Lösung einiger Fälle beigetragen.

»Du konntest zu diesem Zeitpunkt schließlich nicht wissen, dass da etwas Übles im Gange ist«, versuchte Bob dem Ersten Detektiv gut zuzureden.

»Drei Tage sind seit unserem ersten Besuch bei Mrs Holligan vergangen und wir sind so klug wie zuvor«, gab Peter zu bedenken. »Wisst ihr eigentlich, was für eine Verantwortung wir da übernehmen? Wenn Metzla Holligan von ihren Terroraktionen gegen ihre Schwester nicht ablässt oder noch massiver vorgeht als ohnehin schon, dann haben wir vielleicht bald eine Tote auf unserem Erfolgskonto zu verbuchen!«

Justus schloss sich Peters Meinung an. »Das sehe ich genauso. Hinter den Anschlägen verbirgt sich eine Absicht und ich gehe davon aus, dass mehr dahinter steckt als ein übler Scherz. Wenn das so weitergeht, müssen wir sogar mit dem Schlimmsten rechnen.«

»Und was wäre das deiner Meinung nach?« Peter verspürte ein flaues Gefühl in der Magengegend.

»Mich beschleicht der Verdacht, dass Mrs Holligan

auf diese Art und Weise aus dem Weg geräumt werden soll. Ein Mordversuch in kleinen Etappen.«

»Wenn das wirklich wahr sein sollte, müssen wir sofort Inspektor Cotta informieren und ihm den Fall überlassen«, meinte Peter ernst. »Mord ist nicht unser Fach, und wenn Mrs Holligan tatsächlich bei der Sache sterben würde, könnte ich mir das nie verzeihen!«

»Wir alle nicht«, bestätigte der Erste Detektiv. »Doch wie gesagt: Es ist nur ein Verdacht und bei der Polizei ist Mrs Holligan bereits gewesen. Die hat die alte Dame jedoch lächelnd wieder nach Hause geschickt.«

»Inzwischen hat sich aber eine Menge ereignet und wir waren sogar selbst dabei.« Peter machte aus seinen Bedenken keinen Hehl. »Die Polizei muss verständigt werden. Immerhin können wir bezeugen, dass ihre tote Schwester tatsächlich am Telefon war und Mrs Holligan keine Klatsche hat!«

Justus fuhr Peter scharf an. »Könntest du dich bitte etwas gewählter ausdrücken, Zweiter? Mir ist diese Frau sympathisch. Trotz ihrer merkwürdigen Eigenarten. Und ich nehme sie sehr ernst.«

»Du hast ihr doch wohl nicht dein Herz geschenkt?«, witzelte Peter.

Justus warf seinem Kollegen einen gereizten Blick zu. »Wenn du wirklich ein bisschen mehr Respekt vor dem Alter hättest, würdest du jetzt nicht so einen Blödsinn daherreden. Auch wenn dir die Dame schrullig vorkommt, muss ich offen zugeben, dass ich sie mag. Ich kann euch nicht genau erklären, wieso das so ist. Ich gehe da rein nach Gefühl.«

»Wir sollten uns auf das Wesentliche konzentrieren, Freunde«, versuchte Bob die beiden zu beschwichtigen.

Er hatte in der Zwischenzeit den Kessel vom Herd genommen und goss das kochende Wasser in die bereitstehende Teekanne. »Wer auch immer diesen Spuk mit Mrs Holligan treibt, muss einen Nutzen aus der Sache ziehen können. Selbst wenn wir die Möglichkeit in Betracht ziehen, dass Metzla Holligan tatsächlich vor ihrem Tod die besagten Tonbandkassetten besprochen hat, bliebe die Frage zu klären, wer das Spielchen nach ihrem Ableben in Gang brachte. Wozu und wofür?«

»Was meinst du mit ›wofür‹?«, fragte Peter.

»Na ja«, schlussfolgerte Bob. »Immerhin wird die Sache ja mit einem gewissen Aufwand betrieben. Der- oder diejenigen investieren eine Menge Zeit, um die mysteriösen Vorgänge in einem chronologischen Ablauf geschehen zu lassen. Metzla Holligan hätte für diese Inszenierung nach ihrem Tod ihren Auftraggebern bestimmt eine Menge Dollars bieten und mindestens die Hälfte davon im Voraus zahlen müssen. Doch Metzla hat ihr Vermögen ausnahmslos ihrer Schwester vererbt. Noch zu Lebzeiten, während sie todkrank ans Bett gefesselt war.«

»Und deren gesamtes Erbe geht wiederum an eine Stiftung für Tumorkranke. Das Geld ist also bereits verplant. Es ist jedoch fraglich, ob das dem geheimnisvollen Drahtzieher auch bekannt ist.« Peter nippte an seinem kochend heißen Tee und verzog schmerzhaft den Mund.

»Vielleicht kann er davon nichts wissen, da er zu Mrs Holligan bisher noch gar keinen persönlichen Kontakt gepflegt hat.«

»Was willst du denn damit wieder sagen, Just?« Bob rührte nervös mit einem Löffel in seiner Tasse herum.

»Macht es euch nicht stutzig, dass zufällig heute im Postkasten der Brief an Mrs Holligan steckte, in dem sich ihr zur Adoption freigegebener Sohn gemeldet hat?«

»Was denn, was denn!« Bob wurde ganz unruhig. »Du meinst, er steckt hinter dieser Sache?«

»Das könnte doch sein. Möglicherweise hat er herausgefunden, dass seine leibliche Mutter eine reiche Frau ist. Und er will ihren natürlichen Tod nicht abwarten.«

»Ist das nicht ein bisschen weit hergeholt, Just?« Peters Tee hatte nun eine angenehme Temperatur erreicht. Er nahm einen großen Schluck.

»Ich betone, das ist reine Spekulation, Kollegen. Aber jeder Anhaltspunkt kann wichtig sein. Außerdem interessiert es mich, ob der Vater dieses Sohnes noch lebt und was Mrs Holligan zu dieser ganzen Sache zu sagen hat. Nur schien mir heute der Zeitpunkt nicht so glücklich, sie danach zu fragen.«

»Was meint ihr«, fragte Peter, »ob dieser komische Spinner Richard vielleicht dahinter steckt? Ich für meine Person würde ihm glatt zutrauen so ein Horrorspektakel zu veranstalten. Wir sind während unserer Karriere immerhin schon vielen skurrilen Typen begegnet, denen das Ausmaß ihrer üblen Späße oft gar nicht bewusst war.«

»Auf jeden Fall werden wir ihn und Mrs Holligans geheimnisvollen Sohn auf die Verdächtigenliste setzen. Doch als Erstes sollte einer von uns einen kleinen Psychologiekursus absolvieren. Denn unser Haupträtsel haben wir noch immer nicht gelöst.«

Peter und Bob blickten ihren Chef verwundert an.

»Könntest du dich vielleicht etwas klarer ausdrücken, Erster?« Der für Recherchen und Archiv zuständige Detektiv hasste es, wenn Justus Andeutungen machte und man ihm alles aus der Nase ziehen musste.

»Ich möchte endlich von Dr. Franklin wissen, warum sie Mrs Holligan untersagt hat mit Außenstehenden über die angeblich eingebildete Stimme zu sprechen. Und ich bin auf ihr Statement gespannt, wenn wir ihr verklickern, dass diese Geisterstimme tatsächlich real existiert.«

»Wo liegt da der Sinn?«, fragte Bob. »Meinst du etwa, die Gesprächstherapeutin könnte dahinter stecken?«

»Unsinn!« Justus griff nach einem dicken Wälzer auf dem Schreibtisch. ›Gesprächstherapie und ihre Heilungschancen‹ stand in großen Goldbuchstaben auf dem Einband. »Ich habe mir einige Kapitel dieses Buches durchgelesen und muss gestehen: Ich bin kein bisschen schlauer. Nirgends wird mit einer Silbe ein Heilungsverfahren beschrieben, in dem dem Patienten nahe gelegt wird sich über seine Probleme auszuschweigen.«

Bob nahm den dicken Psychologieschmöker und ließ die nahezu tausend Seiten durch seine Finger gleiten. »Vielleicht ist dieses Buch aber auch nicht auf dem neuesten Stand und Dr. Franklin wagt sich gerade mit Mrs Holligan auf ein neues Gebiet. Vielleicht benutzt die Gesprächstherapeutin sie auch als Versuchskaninchen.«

»Das wäre möglich«, warf Peter ein. »Doch ich verstehe nicht ganz, worin der Sinn liegen könnte, Informationen über bestimmte Therapiemethoden einzuholen? Ich meine, wenn du Dr. Franklin nicht verdächtigst, wozu dann dieser Aufwand?«

»Weil mich interessiert, wie sich eine Psychotherapeutin an die Probleme ihrer Patienten herantastet. Immerhin wird sie etwas damit bezwecken, wenn sie Mrs Holligan ein unsichtbares Pflaster auf den Mund klebt. Womöglich kann diese Information für unsere zukünftige Laufbahn von Nutzen sein. Dr. Franklin genießt in der Fachwelt größtes Ansehen mit ihren Therapien. Und wenn wir die Möglichkeit haben, unser Wissen zu erweitern, sollten wir zugreifen. Vielleicht kommen wir anschließend auch besser mit Mrs Holligan klar.«

Peter war hingegen nicht sehr optimistisch. »Über die wird uns Dr. Franklin aber mit Sicherheit nichts erzählen. Wir haben zwar schon Stumme zum Reden gebracht, aber an der ärztlichen Schweigepflicht werden wir uns die Zähne ausbeißen.«

»Dann müssen wir es eben raffinierter einfädeln.« Bob war Feuer und Flamme. »Ich wollte schon immer mal einem Psychotherapeuten meine Sorgen unterbreiten. Du kannst nicht noch mal in der Praxis einlaufen, Just. Das wäre zu auffällig. Also melde ich mich freiwillig. Ich hau mich bei der Therapeutin auf die Couch und werde mal austesten, was sie so draufhat.«

»Ausgezeichnet, Bob!« Justus war sichtlich begeistert.

»Moment, Moment«, fuhr Peter dazwischen. »Was ist mit unserem Vorhaben, Inspektor Cotta zu informieren? Schließlich waren wir uns darüber einig, das Leben der alten Dame nicht unnötig zu gefährden.«

»Wahr gesprochen«, antwortete Justus. »Doch bin ich der Ansicht, dass die Gefahr nicht unmittelbar bevorsteht. Die bisherigen Terroraktionen waren noch recht – versteht mich bitte nicht falsch – bescheiden. Wenn jemand die alte Dame auf dem direkten Weg ausschalten wollte, wäre dies schon längst geschehen. Doch wie gesagt: Meiner Meinung nach tastet sich der Unbekannte ganz langsam an Mrs Holligan heran und spielt mit ihrer Angst. Eine reale Bedrohung brauchen wir vorläufig nicht zu befürchten. Wir werden uns jedoch auf psychologischem Gebiet schlau machen und dem Gegner eine Falle stellen. Doch vorerst muss Bob einige Erkundigungen einholen.«

Bob atmete tief aus. »Ein Fall für die Couch. Das ist ganz nach meinem Geschmack.« Doch ganz so optimistisch, wie er sich seinen Freunden gegenüber gab, fühlte er sich nicht. Ihm lastete etwas auf der Seele und darüber wollte er dringend mit der Psychotherapeutin unter vier Augen sprechen.

Gespräch unter vier Augen

Wieder tobte ein Unwetter über der Stadt. Blitze zuckten vom Himmel herab und Bob sah die Regentropfen im neunten Stock in langen Schlangenlinien am Fenster hinablaufen. Er hatte sich einen Termin bei Dr. Franklin geben lassen und saß der Therapeutin zwei Tage später in ihrem Sprechzimmer auf einem bequemen Ledersessel gegenüber.

Insgeheim musste er zugeben, dass er sich die Psychotherapeutin anders vorgestellt hatte. Zumindest was ihr Äußeres betraf. Sie trug einen engen schwarzen Rollkragenpullover, dazu eine weiße Jeans, und ihre dunkelblonden glatten Haare verliehen ihr einen Hauch von Jugend, obwohl sie die fünfzig schon überschritten haben musste. Bob war angenehm überrascht und revidierte sein Vorurteil. Er hätte schwören mögen, dass die Therapeutin ihre Patienten im weißen Kittel empfing, kühl und sachlich. Doch von Dr. Franklin ging eine Wärme aus, die Vertrauen schaffte. Während sie Bob freundlich zulächelte, ordneten ihre gepflegten Hände einige Papiere auf dem Schreibtisch. Dann lehnte sie sich in ihrem Sessel zurück und sah ihm eindringlich ins Gesicht.

»Es ist recht ungewöhnlich, dass mich ein junger Mann in deinem Alter aufsucht.« Ihre Stimme klang ruhig und entspannt. »Normalerweise trauen sich die Menschen erst hierher, wenn sie die zwanzig weit überschritten haben.«

Bob rieb verlegen seine Hände. »Das mag sein.«

»Man sagte mir, dass es sich bei dir um einen dringenden Fall handelt. Jedenfalls konntest du nicht bis nächste Woche warten. Nun ja, ich habe dich nun dazwischengeschoben und hoffe dir bei dem, was dir auf der Seele liegt, auch helfen zu können.« Fragend sah ihn die Psychologin an.

»Offen gestanden bin ich mir gar nicht sicher, ob mir überhaupt jemand helfen kann.« Bob dachte an seinen Auftrag.

Doch in erster Linie hatte er ein persönliches Anliegen, das in seinen Augen Vorrang hatte. Die Information, die ihrer detektivischen Arbeit nutzen sollte, wollte er in das Gespräch, ganz nebenbei, mit einflechten.

»Es gibt für alles eine Lösung«, erwiderte die Therapeutin. »Und dein Problem wird dir schon geringfügiger erscheinen, wenn wir darüber gesprochen haben.« Ihre linke Hand deutete zur Fensterbank, auf der eine Kaffeemaschine stand. »Kann ich dir vielleicht was zu trinken anbieten?«

Bob wehrte ab. »Nein, nein. Vielen Dank. Es geht schon.«

Schweigend sahen die beiden sich an, während der leicht verdunkelte Raum zwischenzeitlich von Blitzen erhellt wurde, denen grollender Donner folgte. »Was bedrückt dich?«

Bob atmete tief durch. Er wusste nicht recht, wie er beginnen sollte. Doch dann kamen die Worte langsam und verlegen aus ihm heraus. »Ich habe die beste Freundin, die man sich wünschen kann«, begann er. »Ich bin mit Elizabeth jetzt vier Jahre zusammen und ohne Übertreibung kann man behaupten, dass wir wie füreinander geschaffen sind.«

»Worin drückt sich das aus?«

»Wir lachen gemeinsam an den gleichen Stellen, haben in vielen Dingen die gleichen Ansichten und schätzen uns gegenseitig. Ohne Kompromisse und voller Vertrauen.« Bob blickte die Therapeutin ernst an. »Sie wissen wohl besser als ich, dass das in Beziehungen, die so lange währen, nicht allzu oft vorkommt, und eigentlich müsste ich mich glücklich schätzen.« Jetzt krachte es draußen so laut, dass Bob den Donner in seinem Bauch spüren konnte.

»Dem ist aber nicht so«, half ihm die Psychotherapeutin weiter.

»Sie haben es erfasst.«

Wieder sahen sich die beiden einen Moment schweigend an. »Was ist vorgefallen?«

Bobs Herz schlug nun schneller.

»Komm schon.« Dr. Franklin blieb ruhig und geduldig. »Was ist los?«

»Ich ... ich habe mich in ein anderes Mädchen verknallt.«

Nun war es raus. Doch Bob fühlte sich in keinster Weise befreit. Ganz im Gegenteil. »Sie will mich aber nicht«, fügte er tonlos hinzu.

Die Psychotherapeutin schob ihren Sessel näher an den Schreibtisch und stützte das Kinn auf ihre Hand. »Wie darf ich das verstehen?«

»Da gibt es leider nichts zu verstehen. Ich war sicher ...«, stammelte er. »Ich war mir wirklich sicher, dass sie meine Gefühle erwidert.«

Nun wurde die Therapeutin neugierig. »Woraus hast du das geschlossen?«

Bob pulte nervös an seinen Fingern. »Aus ihrer Art.

Ihrer Schüchternheit oder Verlegenheit. Und überhaupt ... wie sie mich anguckt.« Bob spürte in seiner Herzgegend einen leichten Stich. »Wenn sich unsere Blicke treffen, sackt der Boden unter meinen Füßen weg.«

Bob musste sich eingestehen, dass er emotional stark berührt war. Dr. Franklin schien dies zu spüren und bemühte sich ihrer Stimme einen sachlichen Tonfall zu verleihen. »Hast du mit ihr darüber gesprochen?«

»Mehrmals«, erwiderte er. »Wir waren auch schon gemeinsam essen.«

»Und?«

Bobs Augen starrten ins Leere. »Es war grausam. Sie hat mir eine Abfuhr erteilt. Erste Reihe, erste Garnitur.«

Ein Lächeln huschte über Dr. Franklins Gesicht. »Was meinst du damit?«

»Dass es erniedrigender nicht sein konnte. Ich weiß ja nicht, was Sie sich schon im Leben bieten lassen mussten, aber von einem Mädchen, in das man unsagbar verschossen ist, gesagt zu bekommen, dass man nicht ihr Typ ist und dass man sich keine Hoffnungen zu machen braucht, ist hart.«

»Das klingt aber gar nicht schüchtern. Eher offen und direkt.«

»Eben nicht.«

Jetzt schaute die Therapeutin irritiert drein. »Das ist interessant. Könntest du mir das genauer erklären?«

»Ich glaube ihr nicht«, antwortete Bob knapp.

»Und weshalb nicht?«

Nun lehnte sich Bob im Sessel zurück und warf einen kurzen Blick aus dem Fenster. Draußen tobte noch immer das Gewitter. »Weil ich keine Lederhaut habe, Dr. Franklin. Ganz einfach. Wenn ich jetzt meine

Augen schließe«, versuchte er zu erklären, »bin ich in der Lage, Ihnen sagen zu können, ob ich Ihnen sympathisch bin oder nicht. In Ihren Fachkreisen nennt man das ›Sensibilität‹, nicht wahr?«

»Ganz recht.« Die Psychotherapeutin nickte. »Doch du wärst nicht der Erste, der der Illusion erliegt, seine Liebe wird erwidert. Wenn man zurückblickt, dann ...«

»Ich will aber nicht zurückblicken«, unterbrach Bob schnell. »Ich traue meiner Wahrnehmung und die sagt mir, dass mich das Mädchen mag. Sie heißt übrigens Brenda. Ich ... ich meine doch nur, wenn ich meiner Wahrnehmung nicht mehr trauen kann, Dr. Franklin ... was bleibt mir dann noch?«

Bob konnte sich nicht vorstellen, dass die Therapeutin umgehend eine Antwort zur Hand hatte. Er wurde aber eines Besseren gelehrt. »Ein ›Insichgehen‹«, kam über ihre schön geformten Lippen. »Und dazu muss man zurückblicken. Ich glaube nämlich, dass nicht Brenda dich unglücklich macht, sondern eine andere, tief verwurzelte Ursache, die weit in deiner früheren Kindheit verborgen ist. Brenda ist höchstens das Ventil. Doch mit deinem Kummer hat sie im Grunde nichts zu tun.«

Bob saß mit offenem Mund da. Dr. Franklins Worte brachten ihn für einige Sekunden aus der Fassung. »Damit wollen Sie mir also sagen, dass das, was mein Herz fühlt, falsch ist?«

Und schroff fügte er hinzu: »Hat man Ihnen das wirklich so beigebracht?«

»Dreh mir nicht das Wort im Mund herum«, erwiderte sie. »Jeder Mensch hat im Leben mit Liebeskummer zu kämpfen. Das gehört nun mal dazu. Du musst den Schmerz aber zulassen, denn nur so wirst du darüber hinwegkommen. In meinen Kreisen nennt man diese Phase ›Trauerarbeit leisten‹.«

Bob erinnerte dieses Wort an ein Begräbnis, behielt diesen Gedanken aber für sich. »Es wäre schön, wenn Sie Recht hätten«, entgegnete er stattdessen trotzig. »Doch ich glaube, dass Ihre Diagnose mir nicht weiterhelfen wird. Denn das, was Sie mir weismachen wollen, bedeutet doch mit anderen Worten ausgedrückt, dass mich mein Instinkt trügt. Und ich frage Sie als Expertin: Wie können Sie die Analyse eines einzelnen Menschen auf den Punkt bringen, angesichts der Tatsache, dass doch jeder mit seinen Empfindungen und Reaktionen Tausenden von verschiedenen Verhaltensmustern folgt? Ich meine, vielleicht stimmt auch etwas mit Brenda nicht? Vielleicht liegt ihr ablehnendes Verhalten auch in ihrer kaputten Kindheit verborgen.«

»Das mag schon sein. Doch es geht hier in erster Linie um dich. Nicht um sie.«

Bob konnte jedoch von seinen Gefühlen nicht abweichen. »Sie empfindet etwas für mich.« Er verlieh seiner Stimme einen kräftigen Unterton. »Und davon weiche ich auch nicht ab.«

»Ein großes Selbstbewusstsein.« Dr. Franklin sah ihn ernst an. »Doch wenn du diesen Standpunkt weiterhin vertrittst, wirst du auch weiter leiden. Das weißt du.«

Nun musste er doch kurz schlucken. »Das nehme ich in Kauf.«

»Wenn du wirklich so uneinsichtig bist, kann ich dir leider nicht helfen.« Die Therapeutin erhob sich mit einer raschen Bewegung von ihrem Sessel.

Fragend schaute Bob sie an. »Ist das Ihr letztes Wort?«

Draußen begann es zu dämmern und Dr. Franklin

trat langsam an das Fenster heran und blickte in den dichten Regen.

»Nicht ganz.« Für einige Sekunden schwieg sie. Sie schien zu überlegen. »Es gäbe da noch eine weitere Möglichkeit«, fuhr sie schließlich fort, »deine Gefühle Brenda gegenüber aus einer anderen Perspektive zu betrachten. Wir können es mit Hypnose versuchen. Ich würde dich in Trance versetzen und ergründen, woher dein Schmerz, deine Gefühle und auch deine Uneinsichtigkeit dem Mädchen gegenüber herrühren. Die Voraussetzung dafür aber wäre, dass du dich mir gegenüber nicht verschließt. Vertrauen ist bei einer Hypnosetherapie das A und O.«

»Verstehe.« Bob ermahnte sich innerlich das Gespräch nun langsam auf die Frage hinzulenken, die den drei Detektiven hinsichtlich Mrs Holligan Aufschluss geben sollte. Doch er musste sich gar nicht groß bemühen. Dr. Franklin brachte das Thema ohne Aufforderung auf den Punkt. »Apropos Vertrauen: Hast du deiner Freundin Elizabeth eigentlich von deiner neuen Liebe erzählt?«

Bob spürte ein beklemmendes Gefühl in sich aufsteigen. »Sie weiß von nichts.«

»Das dachte ich mir. Und wie sieht es mit deinen Freunden aus? Sprichst du mit ihnen über deinen Kummer?«

»Über alle andere Sorgen ja. Über Liebesangelegenheiten nicht.«

Nun trat die Psychotherapeutin näher an Bob heran und legte ihre Hand auf seine Schulter. »Das ist ein großer Fehler«, sagte sie leise. »Ich rate all meinen Patienten, dass sie sich mit ihren Problemen vor ihren

Mitmenschen nicht verschließen sollen. Was einem auf der Seele lastet, muss hinausgelassen werden. Man muss darüber sprechen. Verdrängen hilft gar nichts. Das ist ein medizinisches Gesetz.«

Bob wurde hellhörig und stutzte. »Ohne Ausnahme?«

»Ohne Ausnahme«, bestätigte sie eindringlich. »Nun, was hältst du von meinem Vorschlag? Wollen wir es mit Hypnose probieren?«

Bob überlegte fieberhaft, wie er das Thema unauffällig auf Mrs Holligan lenken könnte. »Einverstanden«, antwortete er. »Ich würde aber gerne noch wissen –«

Die Tür wurde aufgerissen und Mrs Petersen winkte Dr. Franklin aufgeregt zu sich heran.

»Dr. Franklin!«, rief sie. »Ein Notfall in Zimmer 7 B!«

Die Therapeutin eilte zur Tür und rief Bob mit knappen Worten zu: »Bin gleich wieder da!«

Die beiden Frauen liefen aus dem Raum und ließen den Dritten Detektiv auf seinem Sessel allein. Bob schaute sich interessiert in dem Sprechzimmer um. Und obwohl seine Gedanken wie wild um Dr. Franklins Worte kreisten, fiel sein Blick auf die halb geöffnete Schreibtischschublade der Psychotherapeutin. Darin lag ein kleines Plexiglaskästchen mit Disketten. ›Patienten/Franklin/Weiblich‹ war auf einem Etikett vermerkt. Geistesgegenwärtig, ohne darüber nachzudenken, griff Bob danach und ließ das Kästchen kurzerhand in seiner Jackentasche verschwinden.

»Und?«

Zu Tode erschrocken fuhr Bob zusammen. Er drehte sich um und blickte zur Tür. In dessen Rahmen stand Dr. Franklin und sah ihn prüfend an.

»Wie ... was ...?«, stammelte Bob. »Was meinen Sie mit ›und‹?«

»Die Hypnosetherapie. Hast du dich entschieden?« Fragend stand die Therapeutin noch immer im Türrahmen. Bob rutschte ein Stein vom Herzen. Das unerlaubte Ausborgen der Disketten hatte die Ärztin offenbar nicht bemerkt. Trotzdem musste er sich zusammenreißen. Für einen Moment stockte ihm der Atem und er hoffte inbrünstig, dass die geschulte Psychologin ihm nichts anmerkte. Sie kam näher. »Entschuldige bitte, aber wir müssen jetzt leider abbrechen. Wenn du Interesse an einer Hypnose hast, dann lass dir an der Anmeldung einen Termin geben. Am besten für übermorgen Nachmittag. Ich muss jetzt leider zu einem anderen Patienten.«

Bob legte schnell die Hand auf seine linke Jackentasche und betete, dass Dr. Franklin die starke Ausbuchtung, die das Kästchen hinterließ, nicht bemerkte. »Ich ... äh ... ich bin einverstanden.«

Er wollte diesen Raum so schnell wie möglich verlassen und ging mit hastigen Schritten auf die Tür zu. Doch da legte sich Dr. Franklins Hand auf seine Schulter und hielt ihn zurück. »Ach, Bob?«

Am Tonfall ihrer Stimme konnte Bob nicht erkennen, ob sie ihn durchschaut hatte oder nicht. Ängstlich hielt er inne. »Ja?«

»Angenommen, Brenda würde dich schätzen lernen

und mit dir zusammen sein wollen ... was wird dann mit Elizabeth?« Bob rührte sich nicht und versuchte dem fragenden Blick der Therapeutin auszuweichen. »Ich ... äh ... wieso ...?«

Dr. Franklin wandte ihren intensiven Blick nicht von ihm ab. »Meintest du nicht vorhin, ihr würdet eine glückliche Beziehung führen? Voller Vertrauen und ohne Kompromisse?«

Bob wusste, worauf die Psychologin hinauswollte und fühlte etwas, das einem schlechten Gewissen sehr nahe kam.

Sie nahm ihre Hand von seiner Schulter. »Darüber würde ich mir an deiner Stelle mal Gedanken machen. – Also«, Dr. Franklin machte auf dem Absatz kehrt, »wir sehen uns. In zwei Tagen.«

Bob stand da und sah der Therapeutin nach, bis sie hinter einer Tür mit der Aufschrift ›7 B‹ verschwunden war. Anschließend ließ er sich von Mrs Petersen einen Termin zur Hypnose geben und eilte dann auf schnellstem Wege aus der Praxis.

»Wir stehen vor neuen Rätseln.« Bob entnahm dem Rechner die letzte Diskette und steckte sie wieder in das entliehene Plastikkästchen zurück. Ihrer Abmachung zufolge hatten sie zwar die gesamte Kartei durchgesehen, jedoch waren die Daten aller Patienten, außer denen Mrs Holligans, absolute Tabuzone. Sie hatten zwar kein gutes Gefühl, als Bob auf der Computertastatur herumhämmerte und Hunderte von Namen mit den dazugehörigen Krankheitsgeschichten vor ihren Augen vorbeirasten, doch beruhigten sie sich mit dem Gedanken, dass sie sich nicht detailliert einlasen. Sie waren auf der Suche nach einer bestimmten Person. Doch nirgends, in keiner Wortvariation, tauchte der Name von Abigail Holligan auf. Dr. Franklins Patientinnenkartei erweckte den Eindruck, als hätte die alte Dame niemals einen Fuß in die Praxis der Therapeutin gesetzt.

Bob schaltete den Rechner aus und sah seine Freunde fragend an. Er hatte Justus und Peter in knappen Worten von seinem Gespräch mit der Ärztin berichtet und wie erwartet hielten sie seinen erwähnten Liebeskummer für einen raffinierten Schachzug, der ausschließlich seiner Fantasie entsprungen war. Später, das hatte er sich geschworen, wollte er ihnen die Wahrheit mitteilen. Doch nun war als Allererstes zu klären, weshalb die Schilderungen der alten Dame in so krassem Widerspruch zu Dr. Franklins Worten standen.

Die drei Detektive hatten in den vergangenen zwei Tagen den telefonischen Kontakt zu Mrs Holligan aufrechterhalten und beruhigt in Erfahrung gebracht, dass der unbekannte Eindringling eine Ruhepause eingelegt hatte. Jedenfalls war der alten Dame in den letzten 48 Stunden nichts Ungewöhnliches widerfahren.

»Und wie soll es jetzt weitergehen?«, fragte Peter. »Seit wir die Ermittlungen aufgenommen haben, drehen wir uns ständig im Kreis: Anfangs wunderten wir uns über Mrs Holligans Äußerungen. Dann erschien uns Dr. Franklins Therapiemethode fragwürdig. Und nun habe ich wiederum den Eindruck, als würde Mrs Holligan irgendwelche Informationen vor uns geheim halten.«

»Was willst du damit sagen, Zweiter?«, fuhr Justus hoch.

»Gegenfrage«, konterte Peter. »Wenn Dr. Franklin

bestätigt, dass sie allen Patienten empfiehlt sich nicht zu verschließen, warum sollte sie dann Mrs Holligan das Gegenteil raten? Sie hätte Bob auch sonst was erzählen können. Zum Beispiel dass es Sonderfälle gibt, bei denen es besser wäre zu schweigen. Das hat sie aber nicht getan. Folglich spricht eine der beiden Damen nicht die Wahrheit.«

»Sehr gut erfasst, Kollege«, lobte Justus. »Und deshalb werden wir uns Mrs Holligan noch einmal zur Brust nehmen. Und das am besten gleich. Außerdem sollten wir zu einem weiteren Kernpunkt vordringen.«

»Und der wäre?«, fragte Bob.

»Das Testament von Abigail Holligan. Wenn wir den Fall wirklich aufklären wollen, wird der alten Dame gar nichts anderes übrig bleiben als es uns vorzulegen.«

Peter hatte keinen blassen Schimmer. »Wozu das?«

»Ganz einfach«, erklärte Justus. »Die Frau ist vermögend. Irgendjemand spekuliert da auf ihr Vermögen. Da bin ich mir absolut sicher. Und wir müssen uns einen Überblick verschaffen, inwiefern das mit der Tumorstiftung geregelt ist. Vielleicht klafft da irgendeine Gesetzeslücke, die der Unbekannte nutzen will.«

»Mrs Holligans Sohn, der urplötzlich wieder aufgetaucht ist, könnte dahinter stecken.« Bob überlegte fieberhaft. »Wie ist das eigentlich? Hätte der ein Anrecht auf das Erbe?«

»Eine interessante Überlegung. Doch bevor wir uns weiter in Spekulationen verrennen, schlage ich vor Mrs Holligan aufzusuchen. Ich rufe sie jetzt an und frage, ob wir gleich vorbeikommen können.«

»Nur zu.« Bob reichte Justus das Telefon. »Hoffentlich ist sie auch zu Hause.«

Justus schaltete den Verstärker ein, wählte und vernahm das Rufzeichen. »Das werden wir gleich wissen.«

Es knackte in der Leitung. Dann hörten die drei Detektive ein heftiges Atmen, bevor Mrs Holligan hysterisch in den Hörer schrie. »Verschwinde aus meinem Leben! Hörst du? Du sollst endlich verschwinden!« Sie schluchzte und schien am Ende ihrer Kräfte zu sein.

Justus reagierte sofort. »Mrs Holligan!«, rief er. »Wir sind's, die drei Detektive! War das wieder die Stimme Ihrer Schwester? Hat Sie wieder jemand angerufen?«

Mrs Holligan antwortete etwas. Jedoch konnten sie nichts verstehen, da ihre Sätze in Tränen und Schluchzen untergingen. Es klang so verzweifelt, dass sich Peters Nackenhaare aufrichteten.

Justus rief Mrs Holligan jedoch zur Vernunft. »Reißen Sie sich zusammen! Bitte! Wir sind gleich bei Ihnen. Sagen Sie uns nur: Was ist vorgefallen?«

Die alte Dame atmete noch immer heftig. Doch dann fing sie sich und stammelte: »Das ... das Telefon hat geklingelt ... und dieses Mal ... dieses Mal hörte ich ihre Stimme aus dem Apparat, bevor ich den Hörer überhaupt abgenommen hatte!«

Die drei ??? untersuchten das Telefon und das Beistelltischchen, auf dem der Apparat stand. Doch nirgends war ein versteckter Lautsprecher oder eine sonstige Installation zu finden, die erklärt hätte, wie Metzla Holligans Stimme in das Wohnzimmer ihrer Schwester gelangen konnte. Die alte Dame sank auf der Couch zusammen und fasste sich mit schmerzverzerrtem Gesicht an ihre Brust. Sie sah arg mitgenommen aus. Peter hatte inzwischen in der Küche Tee zubereitet und reichte Mrs Holligan nun den dampfenden Becher, während sich Justus im Schneidersitz vor das Sofa setzte und mit seinen Fragen begann.

»Wir haben drei Verdächtige, Madam, und ich würde mit an Sicherheit grenzender Wahrscheinlichkeit behaupten, dass sich eine der Personen als Täter herausstellt, wenn Sie uns die Informationen geben, die wir noch benötigen.«

»Drei Verdächtige?«, wiederholte die alte Dame ungläubig. »Wen meint ihr damit?«

»Person Nummer eins wäre Ihr langjähriger Freund Richard, dem Sie dieses Haus hier abgekauft haben.«

Erregt richtete sich Mrs Holligan auf und griff in ihre grauen zerzausten Haare. »Sucht euch gefälligst einen anderen Sündenbock!« Mit einem Satz streifte sie die Wolldecke von ihren Knien und rutschte in die bereitstehenden Pantoffeln. »Richards Charakter bleibt unangetastet! Er wäre der Letzte, der mir solch einen Schaden zufügen würde. Ich bin mir zwar nicht im Klaren darüber, was ihr unter Freundschaft versteht, doch wenn ich jemanden als ›Freund‹ bezeichne, könnt ihr ihn getrost von eurer Verdächtigenliste streichen. Und damit basta!«

Erschrocken sahen sich die drei Detektive an. Das impulsive Aufbegehren der alten Dame war so unerwartet gekommen, dass Peter sogar befürchtete im nächsten Moment wieder vor die Tür gesetzt zu werden. Doch ebenso schnell, wie Mrs Holligan die Fassung verloren hatte, beruhigte sie sich wieder. »Was für ein Motiv sollte er auch haben?«, fragte sie und setzte den Becher an ihre Lippen.

»Offen gestanden wirft diese Frage bei all unseren Verdächtigen Rätsel auf«, fuhr Justus unbeirrt fort. »Denn das Motiv lässt sich nur aus einer Sache ersehen. Womit ich schon zur eigentlichen Frage kommen würde.«

»Da bin ich aber mal gespannt.« Mrs Holligan stellte ihren Becher ab und setzte die Brille auf ihre Nase. Sie war unsagbar nervös, stand auf und lief nun unruhig im Wohnzimmer auf und ab. »Also, ich höre.«

Der Erste Detektiv kam ohne große Umschweife zur Sache. »Wir würden gerne Ihr Testament einsehen, in dem sicherlich festgehalten wurde, auf welchem Weg Ihr gesamtes Vermögen der Tumorstiftung vermacht wird.«

»Wozu?«

»Weil mich der Verdacht beschleicht, dass da etwas nicht mit rechten Dingen zugeht.« Justus blickte der alten Dame direkt in die Augen. »Ich zerbreche mir schon seit Tagen den Kopf darüber, was der Unbekannte mit seinen Terroranschlägen überhaupt bewirken will. Der Schluss, zu dem wir gelangt sind, klingt recht unerfreulich.«

Mrs Holligan schwieg und zeigte keine äußerliche Regung.

»Sie sind nicht mehr die Jüngste, Madam, und Sie haben ein schwaches Herz.« Justus schluckte. »Wir alle wünschen Ihnen ein langes Leben. Doch ich glaube, dass es unserem Unbekannten genau darum geht, dem ein schnelles Ende zu bereiten. Und gerade hier liegt der Hund begraben. Da hat es jemand auf Ihre Hinterlassenschaft abgesehen und deshalb den Spuk mit Ihrer verstorbenen Schwester inszeniert. Alles wurde bis ins kleinste Detail vorbereitet. Derjenige, der dahinter steckt, muss sich seiner Sache hundertprozentig sicher sein.«

»Hundertprozentig sicher Ihr Vermögen kassieren zu können, sobald Sie unter der Erde liegen«, schloss sich Bob an.

»Das ist schlichtweg unmöglich!« Mrs Holligan rang nach Luft. »Die Firma, dieses Grundstück und mein gesamtes Sparguthaben ist ausschließlich für die Stiftung vorgesehen. Das kann ich euch schwarz auf weiß bestätigen!«

»Darum geht es eben, Madam.« Justus blieb hartnäckig. »Diese Klausel würden wir gerne lesen.«

»Also schön.« Die alte Dame willigte ein. »Doch nicht, ehe ihr mir die zwei anderen Verdächtigen genannt habt. Über Richard werde ich jedoch kein Wort mehr verlieren. Für ihn lege ich meine Hand ins Feuer!«

»Und wie sieht es mit Ihrem Sohn aus?«, fragte Peter unvermittelt.

Ein Zucken fuhr durch Mrs Holligans Gesicht. Dann herrschte für einige Sekunden Grabesstille. Nur das Ticken der alten Wanduhr war zu hören.

Mrs Holligan schlurfte zum Tisch, setzte sich auf ihren Stuhl und goss sich noch etwas Tee in den Becher. »Das war nicht fair, junger Mann«, gab sie leise von sich. »Und äußerst taktlos. Die Zeiten waren damals anders als heute.«

Die drei ??? waren peinlich berührt diese private Angelegenheit zur Sprache gebracht zu haben. Doch wenn der Spuk endlich ein Ende haben sollte, mussten sie sich absolute Gewissheit verschaffen.

»Ein uneheliches Kind galt damals als große Schande«, erklärte die alte Dame. »Zumal der Vater sich kurz vor der Geburt aus dem Staub gemacht hat. Ich war 19 Jahre alt und schrecklich naiv. Ich bildete mir tatsächlich ein, dass der Mann mich heiraten und mit mir eine Familie gründen wollte. Doch der Traum zerplatzte wie eine Seifenblase und meine Eltern drängten mit Nachdruck darauf, mein Kind zur Adoption freizugeben. Nun ja ... sie setzten sich schließlich auch durch. Das Ganze ist nun 54 Jahre her und seither ist in meinem Leben kein Tag vergangen, in dem ich diese Tat nicht bereut habe. Das schwöre ich.«

»Und seitdem haben Sie nie wieder etwas von Ihrem Sohn gehört?«, erkundigte sich Bob.

»Nie wieder. Bis dieser Brief vorgestern eintraf.«

»Trotzdem ist und bleibt es eigenartig, dass Sie nach 54 Jahren, genau zum Zeitpunkt der Terroranschläge, ein Lebenszeichen von ihm bekommen.« Justus blickte sie an. »Macht Sie das nicht stutzig?«

»Ein Zufall«, kommentierte Mrs Holligan. »Einen

direkten Zusammenhang sehe ich da nicht. Sagt mir lieber, wer der Dritte auf eurer Liste ist.«

»Dr. Franklin«, bemerkte Justus trocken und erntete sogleich Empörung.

»Ich kann euch wirklich nicht mehr ernst nehmen.« Die alte Dame schüttelte verständnislos den Kopf. »Wenn ich euch so reden höre, kann ich zu eurer Entschuldigung nur vorbringen, dass ihr noch recht jung und unerfahren seid. Ihr verdächtigt wirklich Dr. Franklin? Das ist doch lächerlich!«

»Und wieso?« Bob rückte seine Brille zurecht.

»Weil sich die Dame für weitaus wichtigere Dinge interessiert als Geld. Darum!«

»Woraus schließen Sie das?«

»Ein Mensch, der sich unentgeltlich für andere Menschen einsetzt, ihnen beibringt, dass das psychische Wohlbefinden weitaus wichtiger ist als alle Schätze dieser Welt, und den Mut aufbringt, Sterbehilfe zu leisten, kann wohl nicht daran interessiert sein, mich frühzeitig unter die Erde zu bringen.«

»Unentgeltlich? Wie dürfen wir das verstehen?«, fragte Peter. »Und was meinen Sie mit Sterbehilfe?«

»Als Metzla von ihrer unheilbaren Krankheit erfuhr und wusste, dass sie nicht mehr lange zu leben hatte, wurde sie geradezu wahnsinnig. Das Zusammenleben mit ihr wurde für mich zu einer Qual. Doch dann stieß ich durch Zufall in der ›Los Angeles Post‹ auf einen Artikel über Gesprächstherapien, in dem Dr. Clarissa Franklin große Lobeshymnen erntete. Ich suchte sie kurz entschlossen in ihrer Praxis auf und schilderte ihr meine Sorgen. Ich war damals mit meinen Nerven am Ende und griff sozusagen nach jedem Strohhalm.«

»Und dann?«

»Nahm sich Dr. Franklin meiner Schwester an.« Wie schon Tante Mathilda zuvor, geriet auch Mrs Holligan über die Fähigkeiten der Psychotherapeutin geradezu ins Schwärmen. »Sie hat sich in aufopfernder Weise um Metzla gekümmert und es gelang ihr sogar, die schrecklichen Ängste, die meine Schwester vor dem Tod hatte, durch eine Gesprächstherapie zu mildern. Außerdem war sie sehr darum bemüht, die Wogen zwischen uns beiden zu glätten. Selbst kurz vor Metzlas Ableben ließ es sich Dr. Franklin nicht nehmen, an ihrem Bett persönlich Trost und Sterbehilfe zu schenken. Ohne Honorar. Und das über Wochen hinweg.«

Justus musste diese neuen Informationen erst einmal verarbeiten. Wie besessen kaute er auf seiner Unterlippe herum. Irgendetwas stimmte da nicht, das sagte ihm sein Instinkt, während er interessiert Mrs Holligans weiteren Worten lauschte.

»Ihr seid mit euren Verdächtigungen auf dem Holzweg. Das gebe ich euch sogar schriftlich. Außerdem wollt ihr doch wohl nicht meine Menschenkenntnis anzweifeln, oder? Keine der drei erwähnten Personen kommt für mich als Täter in Frage. Und am wenigsten Dr. Franklin. Oder glaubt ihr etwa, ich würde der Schirmherrin der Tumorstiftung auch nur einen Dollar hinterlassen, wenn ich nur den geringsten Zweifel an ihrer Loyalität hätte?«

Justus hätte sich beinahe an seinem Tee verschluckt. »Wie war das bitte? Habe ich das eben richtig verstanden? Ihr gesamtes Vermögen geht an Dr. Franklin?«

»Nicht an sie«, verbesserte Mrs Holligan. »Sondern an ihre Tumorstiftung, die sie ins Leben rufen wird.

Und es beruhigt mich ungemein, dass das Geld für wohltätige Zwecke genutzt wird.«

»Und das ist testamentarisch schon alles geregelt?« Justus war baff, behielt es aber für sich.

»Du hast ja ein noch schlechteres Gedächtnis als ich. Das habe ich euch doch schon vor ein paar Tagen gesagt.«

»Wer hat das Testament denn aufgesetzt?«, fragte Peter vorsichtig.

Es zeigte sich, dass die alte Dame trotz ihres hohen Alters ein hervorragendes Namensgedächtnis besaß. »Ein renommierter, erfolgreicher Notar. Sein Name ist Jack Cliffwater. Die Kanzlei ist in Santa Barbara. Gar nicht weit von hier. Aber das Testament wird euch nicht viel sagen. Und ein Haken wird da auch nicht dran sein. Dazu ist der Notar viel zu seriös.«

»Und woher kennen Sie ihn?« Peter war im Ausfragen manchmal ebenso geschickt wie Justus.

»Ich habe ihn durch Zufall vor einem Jahr auf dem Betriebsfest meiner Textilfirma kennen gelernt. Eine Seele von Mensch. Ich musste mich zur Testamentsaufsetzung noch nicht einmal in seine Kanzlei begeben. Er hat mich hier besucht und alle Formalitäten in diesem Haus getätigt.«

»Würden Sie uns das Testament denn mal kurz zeigen?«, erinnerte Bob Mrs Holligan diskret an ihre Zusage.

»Also gut. Ausnahmsweise. Hoffentlich bringt das kein Unglück ...« Mit schlurfenden Schritten begab sich die alte Dame zu einem antiken Mahagonischreibtisch und öffnete die unterste Schublade. »Aber es ist nur eine Kopie. Das Original ist, wie gesagt, beim Notar hinterlegt.«

Anfänglich waren ihre Hände noch ruhig, als sie die Papiere durchsah, während sie etwas Unverständliches vor sich hin murmelte. Doch plötzlich wurden ihre Finger hektisch und begannen fieberhaft zu suchen. Justus, Peter und Bob beobachteten die alte Dame, deren Gesicht langsam bleich wurde. Dann drehte sie sich um und sah die drei ??? fassungslos an. »Haltet mich jetzt nicht für wahnsinnig, aber die Kopie des Testaments ist gestohlen worden!«

Zwei unter einer Decke

Mrs Holligan stellte den ganzen Schreibtisch auf den Kopf. Doch nirgendwo tauchte das Schriftstück auf.

»Was regen wir uns eigentlich auf?«, fragte Peter schließlich. »Das Original ist doch beim Notar hinterlegt. Er kann den Zettel fotokopieren und ...«

»Das Schriftstück«, verbesserte die alte Dame.

»Gut. Dann eben ›das Schriftstück‹.« Peter war nicht kleinlich. »Jedenfalls können Sie Ihren Notar anrufen und ihn bitten eine weitere Kopie davon anzufertigen. Er schickt sie Ihnen zu – wir werfen einen kurzen Blick darauf – und das Problem hat sich erledigt.«

»Und zu dem Diebstahl sagt ihr gar nichts?« Mrs Holligan sah verständnislos von einem zum anderen. »Sollten wir nicht besser die Polizei verständigen?«

»Ich würde es vorziehen, damit noch etwas zu warten«, schlug Justus vor. »Vielleicht beobachtet der Fremde Ihr Haus und wird vorsichtig, wenn die Polizei anrückt. Und genau das sollten wir im Augenblick noch vermeiden.«

»Könntest du dich vielleicht mal ein bisschen genauer erklären, Chef?« Peter ahnte schon, dass sich Justus einen konkreten Plan zurechtgelegt hatte.

»Wir müssen den großen Unbekannten aus der Reserve locken. Deshalb sollten wir jetzt mit Bedacht an die Sache gehen.« Nun wandte sich der Erste Detektiv wieder an Mrs Holligan. »Warten Sie bitte noch zwei Tage, bevor Sie Mr Cliffwater von dem Diebstahl der

Kopie in Kenntnis setzen. Erzählen Sie bitte auch sonst niemandem etwas davon.«

»Diesen Satz kenne ich schon von Dr. Franklin.«

»Auch ihr erzählen Sie bitte nichts. Und das Allerwichtigste überhaupt: Keine Menschenseele darf davon erfahren, dass Sie uns als Detektive angeheuert haben. Kriegen Sie das die nächsten 48 Stunden hin, Madam?«

»Natürlich«, antwortete Mrs Holligan und fügte trocken hinzu: »Ich bin doch nicht bescheuert.«

»Weiß Gott nicht«, erwiderte Justus leise, mehr zu sich. »Wir werden uns jetzt in unsere Zentrale zurückziehen und über die nächsten Schritte beratschlagen. Wenn wieder etwas Unvorhergesehenes eintreten sollte, zögern Sie bitte nicht und rufen uns umgehend an.«

»Habe verstanden. Ihr könnt ganz beruhigt sein. Ich halte durch. Aber was habt ihr eigentlich vor?«

»Gedulden Sie sich zwei Tage, dann erfahren Sie alles.« Justus zwinkerte Mrs Holligan verschwörerisch zu und ging mit Bob und Peter in Richtung Haustür. Auf dem halben Weg drehte er sich noch einmal um. »Ach, Mrs Holligan?«

»Ja?«

»Warum hat Ihnen Dr. Franklin eigentlich nahe gelegt sich zurückzuziehen?«

»Wegen meines Herzens. Es ist sehr schwach. Sie meinte, wenn ich mich zusätzlich noch mit anderen Leuten über Metzla unterhalte, bestünde die Gefahr, dass ich mich emotional wieder sehr aufrege, und das damit verbundene Risiko solle ich auf keinen Fall eingehen.«

Justus war nicht sicher, ob diese Erklärung seine Berechtigung hatte oder nicht. Er nahm sie zur Kenntnis, sparte sich aber einen Kommentar.

»Bob, schmeiß den Rechner an, leg die Adressendatei ein und mach ausfindig, wo Jack Cliffwater seine Kanzlei hat!«

Die drei ??? betraten den alten Wohnwagen und Bob setzte sich nach Justus' Anweisung sofort an den Computer. Er rief die Datei ab, auf der die gesamten Einwohnerdaten von Kalifornien gespeichert waren. Der Erste Detektiv trommelte nervös mit seinen Fingern auf der Schreibtischplatte herum, während der Rechner seine Zeit brauchte zu booten.

»Liege ich recht mit meiner Vermutung, dass wir einen vierten Verdächtigen in unsere Liste aufnehmen können, Just?« Peter starrte gespannt auf den Monitor, auf dem nun die Einwohnerdatei erschien.

»Du hast es erfasst, Zweiter.« Justus zog einen Stuhl heran, ließ seinen fülligen Leib draufplumpsen und übernahm die Maus, mit der er nun flink zum Buchstaben ›C‹ klickte. »Dass das Testament verschwunden ist, dessen Inhalt lediglich Mrs Holligan und diesem Anwalt Cliffwater bekannt ist, macht mich stutzig.«

»Da sehe ich nun gar keinen Zusammenhang«, schaltete sich Bob dazwischen. »Ich meine, was könnte der denn mit der Kopie anfangen, wo das Original doch sicher in seiner Kanzlei verwahrt ist. Überhaupt, was für ein Motiv sollte der Notar haben, in Mrs Holligans Wohnung einzudringen und ihr die selbst ausgestellte Kopie wieder zu entwenden? Und das Allerwichtigste: Wie kommst du darauf, dass er in der Sache mit drinstecken könnte?«

»Denkt doch mal nach, Kollegen.« Justus war inzwischen auf Jack Cliffwaters Adresse gestoßen und stellte fest, dass Wohnsitz und Kanzlei identisch waren. Er markierte die Daten, warf den Drucker an und sah seine Freunde prüfend an. »Mrs Holligan hat uns vorhin erzählt, dass der Notar zu ihr ins Haus gekommen ist, um das Testament mit ihr gemeinsam aufzusetzen. Außerdem erwähnte sie, dass sie keine Freunde mehr hat und nur noch äußerst selten Besuch empfängt, richtig?« Wieder machte Justus eine theatralische Pause. »Was sagt uns das?«

»Mir zumindest nicht viel«, musste Peter offen gestehen.

»Aber mir! Natürlich!« Bobs Augen begannen zu leuchten. »Nach der peniblen Ordnung, die Mrs Holligan in ihrem Haus hält, hätte es die alte Dame bestimmt sofort bemerkt, wenn ein Fremder während ihrer Abwesenheit nach der Kopie gesucht hätte. Es sei denn ...«

»Es sei denn«, ergänzte Justus, »der Unbekannte wusste, wo er zu suchen hatte. Und dieser Jemand kann nur der Notar gewesen sein, der sich, nachdem er das Testament beglaubigt und besiegelt hat, bestimmt noch einen Tee von Mrs Holligan servieren ließ und genau beobachten konnte, an welcher Stelle in ihrem Schreibtisch sie das Schriftstück verwahrt hat.«

»Oder er hat einen Komplizen damit beauftragt«, überlegte Bob.

»Das mag schon sein.« Der Erste Detektiv rutschte mit der Maus auf dem Pad hin und her und klickte den Buchstaben ›F‹ an. »Auf jeden Fall können wir mit Gewissheit davon ausgehen, dass die Terroranschläge und der Diebstahl des Testaments auf ein und dasselbe Konto gehen. Einen zweiten Sicherheitsschlüssel herstellen zu lassen ist zwar für einen Außenstehenden nicht unmöglich, aber mit gehörigem Aufwand verbunden. Ich frage mich nur, wann derjenige die Gelegenheit dazu hatte, Mrs Holligan den Schlüssel unbemerkt zu entwenden und –« Justus brach ab und wurde bleich im Gesicht, während sein Herz vor Aufregung zu pochen begann. »Was ist los, Erster?«, fragte Peter. »Warum sprichst du nicht weiter?«

Mit offenem Mund starrte Justus auf den Bildschirm und traute seinen Augen nicht. Aus reiner Neugierde hatte er die Daten von ›Dr. Clarissa Franklin‹ aufgerufen, die neben ihrem Praxis-Eintrag auch mit ihrer Privatadresse vermerkt war. »Kollegen, seht ihr auch, was ich sehe?«

»Also doch«, gab Peter betroffen von sich. »Mrs Holligans engste Vertraute in Sachen ›Seelenangelegenheiten‹ wohnt mit unserem Verdächtigen Nummer vier, Jack Cliffwater, unter einem Dach. Blomingdale Road – Hausnummer 1. Ich will ja nicht indiskret sein, aber ich glaube, man könnte es noch genauer ausdrücken: Jack Cliffwater und Clarissa Franklin stecken unter einer Decke!«

»Du hast es erfasst, Peter.« Justus markierte die Daten und ließ sie ebenfalls ausdrucken. Als er nach wenigen Sekunden die beiden Zettel in seiner Hand hielt, reichte er einen davon an Bob und griff zielstrebig nach dem Telefon. »Jetzt bin ich doch mal gespannt, wer sich unter dem Telefonanschluss in der Blomingdale Road Nr. 1 meldet.« Er schaltete den Verstärker ein und wählte die Nummer, die bei beiden Personen identisch angegeben war. Zuerst tutete es. Dann war ein Knacken zu hören und der Anrufbeantworter sprang an. Die männliche Stimme klang monoton. »Hier ist der automatische Anrufbeantworter der Kanzlei Cliffwater«, drang es dumpf aus dem Lautsprecher. »Ich bin zurzeit außer Haus und komme erst Freitagabend wieder. Seien Sie so freundlich und hinterlassen Sie mir nach dem Signalton Ihre Nachricht oder probieren Sie es einfach später noch mal.« Noch bevor der Signalton ertönte, legte Justus wieder auf.

»Was machen wir denn jetzt?«, fragte Bob verunsichert und dachte mit mulmigen Gefühlen an sein Gespräch mit Dr. Franklin. »Glaubt ihr wirklich, dass die beiden hinter diesen Aktionen stecken?«

»Das wird sich übermorgen zeigen. Spätestens dann haben wir Gewissheit«, gab Justus im Brustton der Überzeugung von sich.

»Übermorgen?«, fragte Bob. »Wieso gerade übermorgen?«

»Falls du es schon vergessen haben solltest: Du hast in zwei Tagen eine Hypnosesitzung bei deiner Gesprächstherapeutin, die du bitte für mindestens eine Stunde mit deinen Problemen ablenken wirst.«

Bob stand auf der Leitung. »Ablenken? Aber wovon?«

»Mann, Bob – wach doch auf! Deine Hypnose ist erst übermorgen!« Selbst Peter ahnte, worauf der Erste Detektiv hinauswollte. »Während du dich bei Dr. Franklin auf die Couch packst, machen sich Just und ich, mit einem Dietrich bestückt, auf den Weg in die Blomingdale Road. Einen günstigeren Moment können wir gar nicht abpassen. Der Anwalt Cliffwater kommt erst Freitagabend wieder und seine Mitbewohnerin darf einen liebeskranken Jüngling in Hypnose versetzen.« Peter konnte sich ein Grinsen nicht verkneifen. »Und wenn wir dort nicht auf das Testament stoßen, dann finden wir vielleicht anderes belastendes Material oder zumindest einen Hinweis darauf, dass unser sauberes Pärchen versucht Mrs Holligan auf den Horrortrip zu schicken.«

»Ich bin dabei!« Bob erhob sich vom Stuhl, schaltete den Rechner wieder aus und blickte Justus und Peter triumphierend an. »Unserer geschulten Psychotherapeutin werde ich die Stirn bieten. So schlau wie die bin ich doch allemal. Seht ihr euch nur in der Blomingdale Road gründlich um, die Hypnosespezialistin werde ich nach allen Regeln der drei ??? reinlegen!«

Bob dachte sogar daran, aus der zukünftigen Schirmherrin der Tumorstiftung noch einige Infos herauslocken zu können. Als Erstes musste er jedoch das Kästchen mit den entliehenen Disketten wieder unbemerkt an seinen Platz zurücklegen. Im Kopf legte er sich schon einen Plan zurecht ohne jedoch zu beachten, dass sein Wissen und seine Recherchen in puncto ›Hypnose‹ noch nicht besonders weit gediehen waren.

Tiefenhypnose

Der Plan, den sich die drei ??? zurechtgelegt hatten, schien Erfolg versprechend. Bob war zuversichtlich und hatte sich an diesem Freitagmittag bereits auf den Weg in die Praxis von Dr. Franklin begeben, während Justus und Peter in ihrer geheimen Zentrale routiniert das Einbruchswerkzeug zusammensuchten. Der Erste Detektiv hatte vorsichtshalber noch einmal in der Kanzlei angerufen und beruhigt festgestellt, dass dort noch immer der gleiche Anrufbeantwortertext von vorgestern ablief.

Die beiden wollten gerade die Zentrale verlassen, als das Telefon schrill und durchdringend klingelte. Doch obwohl die beiden Jungen in Eile waren und keine Zeit verstreichen lassen wollten, griff Justus von Neugier gepackt nach dem Hörer und nahm ab.

»Justus ...«, stammelte die Stimme am anderen Ende der Leitung.

»Mrs Holligan«, antwortete Justus. »Was gibt es denn? Wir sind gerade im Aufbruch und –«

»Ich mache mir so schreckliche Vorwürfe, das müsst ihr mir glauben«, unterbrach sie ihn. »Aber Dr. Franklin bestand auf absolutem Vertrauen und da habe ich mein Gelübde gebrochen.«

»Wovon sprechen Sie?« Justus schaltete die Mithörtaste ein und sah zugleich in Peters besorgtes Gesicht.

»Ich war heute Vormittag zu einer Therapiesitzung bei Dr. Franklin und habe ihr von euch erzählt ...«

»Was meinen Sie mit ›von euch erzählt‹?« Dem Ersten Detektiv schwante Übles.

»Nun ja . . .« Der alten Dame fiel es sichtlich schwer, die passenden Worte zu finden. »Wir sprachen über meine Depressionen und meine Einsamkeit und dass ich es leid bin, mich von meinen Mitmenschen abzukapseln. Und da ist es mir so rausgerutscht.«

Justus wurde ungeduldig. »Was ist Ihnen rausgerutscht?«

»Dass ich euch als Detektive angeheuert habe! Ich habe Dr. Franklin eure Visitenkarte gezeigt und ihr erklärt, dass ihr mich nicht für verrückt haltet und der unheimlichen Sache mit Metzla endlich ein Ende bereiten wollt! Ich bin doch so stolz auf euch.«

Justus stockte der Atem. Er wusste in diesem Moment nicht, wie er auf Mrs Holligans Beichte reagieren sollte.

»Ich weiß, wir hatten abgemacht die Angelegenheit unter uns zu lassen«, fuhr sie unbeirrt fort. »Aber als Ärztin unterliegt Dr. Franklin doch der Schweigepflicht und ich dachte mir –«

»Das hätten Sie nicht tun sollen«, reagierte Justus etwas schroff. »Aber was geschehen ist, ist nun mal geschehen. Wir können nur hoffen, dass wir jetzt nicht enorme Schwierigkeiten bekommen.«

»Schwierigkeiten? Aber wieso?«

»Bob befindet sich gerade auf dem Weg zu Dr. Franklin, um unsere Nachforschungen voranzutreiben. Es bleibt abzuwarten, ob die Psychotherapeutin so clever ist eins und eins zusammenzuzählen.«

»Aber was hat Dr. Franklin denn mit euren Nachforschungen zu tun?«, rief die alte Dame in den Hörer.

»Darüber können wir Ihnen jetzt keine Auskunft geben. Unternehmen Sie jetzt bitte nichts mehr und bleiben Sie im Haus«, ermahnte er sie eindringlich. »Das ist jetzt für alle Beteiligten das Beste. Könnten Sie uns das versprechen?«

Mrs Holligan schwieg einen Moment. »Also gut«, sagte sie schließlich. »Ich werde nichts unternehmen, was eure Nachforschungen beeinträchtigen könnte. Meint ihr denn wirklich, dass euer Freund jetzt Probleme kriegen könnte?«

»Wir können jetzt nur noch abwarten«, antwortete Justus und versuchte nach einem besorgten Blick auf die Uhr das Gespräch zu beenden. »Behalten Sie die Nerven und warten Sie bitte auf unseren Anruf. Sobald wir etwas Ausschlaggebendes in Erfahrung gebracht haben, werden wir Sie davon in Kenntnis setzen. Seien Sie mir bitte nicht böse, aber ich muss jetzt auflegen!«

Mrs Holligan stammelte noch etwas Unverständliches, doch dann willigte sie schließlich ein und verabschiedete sich. Mit ernster Miene legte Justus den Hörer auf die Gabel zurück.

»Das hat uns gerade noch gefehlt«, bemerkte Peter, während er das Einbruchswerkzeug in seiner Tasche verschwinden ließ. »Eine eigenwillige Klientin, die sich nicht an unsere Abmachungen hält. Was machen wir jetzt? Bob muss unbedingt gewarnt werden. Wenn Dr. Franklin Bescheid weiß, dass er sie nur in ihrer Praxis aufsucht, um sie abzulenken, könnte es für Bob gefährlich werden! Um 15 Uhr liegt er auf der Couch!«

»Mal nicht gleich den Teufel an die Wand«, versuchte Justus Peter zuzureden, doch insgeheim hatte er die gleiche Befürchtung. »Uns sind jetzt die Hände gebunden. So oder so wäre eine Warnung, die wir ihm zukommen lassen würden, mit einem großen Risiko verbunden. Denn wer weiß, wer in der Praxis alles in der Leitung hängt.«

»Was schlägst du dann vor?«

»Wir bleiben bei unserem Plan und vertrauen auf Bob. Bis 16 Uhr wird er die Psychologin ablenken. Das war unsere Abmachung und daran wird sich unser Dritter Detektiv auch halten. Bis dahin werden wir hoffentlich auch das Testament gefunden und Aufschluss darüber bekommen haben, inwiefern unser Duo in dieser schmutzigen Angelegenheit seine Finger drinhat.«

Peter willigte schließlich ein und stellte nach einem weiteren Blick auf die Uhr fest, dass höchste Eile geboten war. Es war bereits 14.30 Uhr und eine halbe Stunde Fahrzeit in die Blomingdale Road war äußerst knapp bemessen.

»Ich werde jetzt die Elektroden an deinem Kopf befestigen.« Dr. Franklin hatte Bob in einen Raum geführt, über dessen Tür ein Leuchtschild mit der Aufschrift ›Sektor 7 Blau‹ angebracht war. In ihm stand eine Couch und ein seltsamer Apparat, den die Therapeutin nun mit einigen Steckern verkabelte, bevor sie nach einer Dose mit einer merkwürdig riechenden Paste griff.

Bob lag bereits auf der lederbespannten Couch und blickte die Psychologin besorgt an. »Das tut aber nicht weh, oder?«

Dr. Franklin verrieb die Haftcreme sanft auf Bobs Kopfhaut und drückte die anderen Enden der Kabel, die zum Apparat führten, leicht darauf. »Du wirst nicht das Geringste spüren«, erklärte sie ruhig. »Die Elektroden sind einzig dazu da, deine Gehirnwellen aufzuzeichnen.«

»Zu welchem Zweck?«

»Das Elektroenzephalogramm – das ist dieser Apparat hier, überwacht während der Hypnose dein Gehirn. Während des Mikroschlafs verändern sich deine körperlichen Reaktionen. Der Blutdruck sinkt und der Stoffwechsel wird langsamer. Was aber am verblüffendsten ist: Die Energien der Hirnwellen schalten von der linken auf die rechte Hirnhälfte um.« Sie deutete auf das Gerät und wies auf zwei leuchtende Anzeigen.

»Und was bedeutet das?«, fragte Bob interessiert.

»Während unseres Wachzustandes, also jetzt, arbeitet unsere linke Hirnhälfte. Auch Hemisphäre genannt. Sie bestimmt unser rationales, analytisches Denken. Mit anderen Worten ausgedrückt: unsere Logik.«

»Und die rechte Hirnhälfte?«

»Ist zuständig für unser Unterbewusstsein, unsere Gefühle und Emotionen. Die Umschaltung von der rationalen zur emotionalen Seite bewirkt, dass die linke Gehirnhälfte quasi auf Sparflamme läuft. Und das bedeutet, dass ich mich näher an dein Unterbewusstsein herantasten kann. Dieser Computer hier rechnet die Hirnstromwellen in eine Grafik um, so dass wir anschließend genau sehen können, was während der Hypnose in deinem Gehirn vor sich gegangen ist.«

Bob beschlich ein mulmiges Gefühl und er blickte die Psychotherapeutin skeptisch an. »Und Sie meinen, das funktioniert?«

Dr. Franklin lächelte. »Du bist nicht der erste Patient auf dieser Couch.« Nun bekam ihr Blick etwas Stechendes, das Bob unwillkürlich an die hypnotisierende Schlange Kah aus dem ›Dschungelbuch‹ erinnerte. »Die Frage ist allerdings, ob du dich auch fallen lassen kannst. Doch das werden wir erst hinterher wissen.« Sie erhob sich von ihrem Hocker. »Bist du bereit? Fühlst du dich entspannt?«

Bob nickte. »Meinetwegen können wir loslegen.«

»Gut. Dann dimme ich jetzt das Licht.« Mit den Füßen betätigte sie einen Schalter auf dem Boden und langsam verdunkelte sich der kleine Raum. Die Therapeutin griff nach der Fernbedienung und aktivierte die Aufzeichnung des Elektroenzephalogramms. Dann setzte sie sich wieder auf den Hocker und begann mit ruhigen, entspannenden Worten die Hypnose.

»Schließ deine Augen ... Dein Körper wird leicht ... Du spürst eine innere Wärme, die von dir Besitz ergreift und dich weit, weit fortträgt. Dein Atem wird ruhiger ... und du wirst müde ... unsagbar müde ...«

Bob wähnte sich in Sicherheit und hielt es für aufschlussreich, zu erfahren, ob die Psychotherapeutin tatsächlich in der Lage war, an sein Unterbewusstsein zu gelangen und damit Zugriff zu seinen innersten Gefühlen bekommen konnte. Die Hauptsache war jedoch, dass Dr. Franklin mindestens eine Stunde lang mit ihm beschäftigt war und Justus und Peter inzwischen freie Bahn hatten.

»Deine innersten Gefühle lösen sich und wollen aus dir heraus.« Die Stimme der Therapeutin wurde immer beschwörender. »Du empfindest eine tiefe Sehnsucht ... eine Sehnsucht nach Geborgenheit, Zärtlichkeit und Nähe ...«

Bob fühlte, wie er müde wurde. »Ja ...«, murmelte

er schlaftrunken und verspürte im Kopf ein angenehmes Gefühl.

»Vor deinem geistigen Auge erscheint Brenda ... Sie lächelt dir zu und schließt dich langsam in ihre weichen, warmen Arme ...«

»Brenda ...«

Dr. Franklin warf einen prüfenden Blick auf die Hirnstromwellenanzeige des Apparates. Er zeigte ihr an, dass sich die linke Hirnhälfte bereits zur Ruhe gelegt hatte und die Hypnose aktiviert war.

»Doch da sind auch deine Freunde ... Justus und Peter«, fuhr sie im gleichen ruhigen Tonfall fort. »Ihr versucht einer alten Dame zu helfen ... einer alten kranken Dame, die Stimmen hört ...«

»Ja ...«

Bob blinzelte und nahm verschwommen Dr. Franklin war, deren Mundwinkel ein teuflisches Grinsen umspielte, während ihr Blick unverwandt auf die Computergrafik gerichtet war. »Ihr versucht zu ergründen, woher diese Stimmen kommen ... Ihr habt bereits die Ermittlungen aufgenommen, richtig?«

Bob war nun nicht mehr Herr seiner Sinne. »Wir müssen ihr doch helfen ... Ich muss sie ablenken ...«

»Wen musst du ablenken ...?« Dr. Franklins Worte klangen noch ruhiger als sonst. »Wen musst du ablenken ...?«, wiederholte sie eindringlich.

»Dr. Franklin ... Sie darf nichts davon wissen ... das Testament ...«

»Wir atmen ruhig und entspannt ... wir fühlen uns wohl ...«

»Ja ...«

»Deine Freunde ...« Bob spürte, wie Dr. Franklins

Hand sanft über seinen Arm streichelte. »Wo sind die jetzt …?«

»Das Testament …«, murmelte er. »Wir müssen es finden … Blomingdale Road … Muss sie so lange ablenken … die Schirmherrin … bin müde …«

Mit geübter Hand streichelte die Psychotherapeutin unaufhörlich weiter. »Ruhig … ganz ruhig … du musst schlafen … tief und angenehm schlafen …« Ein kurzer Blick auf die Anzeigetafel signalisierte ihr, dass sich Bob bereits in der Tiefschlafphase befand. So beendete sie ihre Streicheleinheiten und griff stattdessen in ihre weite Rocktasche, aus der sie ein Handy zog. Jetzt fingen ihre Finger doch an nervös zu zittern, als sie die kleinen Gummitasten des Mobiltelefons drückte und gespannt auf die Freischaltung der Leitung wartete. Endlich wurde am anderen Ende abgenommen.

»Ja?«

»Jack! Es gibt große Schwierigkeiten!« Die Psychotherapeutin flüsterte, trotz ihrer innerlichen Erregung, denn schließlich sollte Bob auf keinen Fall vorzeitig aus seiner Hypnose erwachen.

»Was ist vorgefallen?«, fragte die Stimme kalt und sachlich.

»Das kann ich dir nicht erklären. Wo bist du jetzt?«

»Noch immer in L. A. Ich wollte aber gleich zurückfahren. Was ist denn los? Du klingst so aufgeregt!«

Dr. Franklins Worte kamen knapp und atemlos. »Drei Jungs sind uns auf die Spur gekommen. Sie haben mit der Holligan Kontakt aufgenommen. Zwei von ihnen befinden sich gerade in unserer Wohnung und suchen nach dem Testament!«

»Erzähl keinen Quatsch! Wo ist der Dritte?«

Die Therapeutin warf einen raschen Blick auf die Anzeige des Computers. »Liegt vor mir auf der Couch. Ich habe die Infos gerade aus ihm herausgekitzelt.«

»Schläft er?«

»Ja. Verdammt, was machen wir denn jetzt?«

Nun wechselte der Tonfall des anderen Teilnehmers. Wie zuvor Dr. Franklin redete der Mann in der Leitung nun entspannt und beschwörend auf die Therapeutin ein. »Ruhig. Ganz ruhig. Ich fahre sofort hin und kläre das.«

»Ich komme mit!«

»In Ordnung. Wann kannst du dort sein?«

»Dreißig Minuten. Aber was mache ich so lange mit diesem Jungen hier?«

»Spritz ihm irgendwas. Er darf auf keinen Fall vor zwei Stunden aufwachen. Um ihn kümmern wir uns später. Also, bis gleich und behalt vor allem die Nerven. Ich werde unten vor unserer Wohnung im Wagen auf dich warten.«

Ein Zucken fuhr durch Dr. Franklins Gesicht. »Jack?«

»Was ist denn noch?«

»Ich liebe dich«, flüsterte sie kaum hörbar, dann drückte ihr Finger auf eine Taste und die Verbindung war beendet. Das Handy glitt zurück in ihre Rocktasche.

Bob atmete noch immer ruhig und entspannt. Dr. Franklin zog kaum hörbar eine Schublade des kleinen Medizinschränkchens auf und entnahm ihr eine Ampulle, deren Inhalt sie mit ruhigen Händen in eine gläserne, lange Spritze zog. Ohne seine Haut vorher zu desinfizieren pikste sie die lange Nadel in Bobs Armbeuge und injizierte ihm das betäubende Schlafmittel direkt in die Blutbahn.

Der letzte Wille

Alle Fenster des Hauses in der Blomingdale Road waren von innen mit Gardinen verhängt. Als Justus und Peter dort eintrafen, war in der vornehmen Straße kein Mensch zu sehen. Trotzdem waren sie vorsichtig und näherten sich unauffällig durch den kleinen Vorgarten der Haustür. Sie entdeckten neben der Klingel ein kleines Metallschild, auf dem die Namen ›Cliffwater & Franklin‹ eingraviert waren. Justus betätigte zur Vorsicht die Klingel und wartete ab. Im Haus blieb alles ruhig. Nichts regte sich. Eine Alarmanlage war nicht zu sehen.

Peter schritt zur Tat und zog den Dietrich aus seiner Tasche. Er steckte ihn in das altertümliche Schlüsselloch, rumorte einige Sekunden mit dem Werkzeug darin herum und grinste verschmitzt, als sich die Tür mit einem leisen Quietschen öffnete.

»Bitte treten Sie ein, mein Herr«, witzelte er und ließ die Tür wieder ins Schloss fallen, als sie im Haus waren.

Vom Flur gingen mehrere Türen ab. Jede von ihnen stand offen und gab den Blick in die jeweiligen Zimmer frei. Justus ging forsch voran und begutachtete die Räumlichkeiten. In der Küche war nichts Außergewöhnliches zu sehen, schmutziges Geschirr stapelte sich im Abwaschbecken und drohte beinahe umzukippen.

Der Erste Detektiv betrat mit Peter das angrenzende Zimmer und stieß einen Überraschungspfiff aus. Sie befanden sich im Büro des Notars. Säuberlich beschriftet und alphabetisch sortiert erstreckte sich eine enorme

Ansammlung von Akten über mehrere Regale. Zielstrebig ging Justus auf ein Regal zu. An einem Ende war mit Klebeband ein kleines Pappschild mit dem Buchstaben ›H‹ befestigt. Justus zog den Ordner mit der Beschriftung ›Holligan‹ heraus.

»Das ging ja schneller, als ich zu hoffen wagte«, bemerkte er leise und setzte sich mit der Akte an den luxuriösen Schreibtisch. Er blätterte in einigen Seiten herum und tippte schließlich mit einem Finger auf das gesuchte Schriftstück. »Hier haben wir es schon!« Dann fiel sein Blick in die Ecke des Büros und seine Augen erhellten sich. »Peter, schmeiß den Kopierer an! Wir ziehen uns ein Duplikat des Testaments und legen das Original dann wieder zurück in den Ordner. Cliffwater und seine liebreizende Clarissa werden gar nicht bemerken, dass wir hier in ihrem Büro herumgeschnüffelt haben!«

»Willst du das Testament nicht wenigstens durchlesen?«

»Sicher«, erwiderte Justus. »Der Fotokopierer braucht seine Zeit, um warm zu laufen.«

Peter schaltete das Gerät ein. Dann setzte er sich zu Justus auf den Schreibtisch.

»Diese Verbrecher ...«, murmelte Justus beim Überfliegen des Schriftstücks. »Hier, Zweiter, hör dir das an:

›Ich, Abigail Holligan, im Vollbesitz meiner geistigen Kräfte, habe im Leben alle Höhen und Tiefen erlebt. Ich empfand Trauer und Glück, Schmerz und Gesundheit und spüre nun, dass langsam die Zeit naht, ans Abschiednehmen zu denken. Ich habe mir nie etwas aus meinem Vermögen gemacht und ich verachte diejenigen, denen materielle Güter wichtiger erscheinen als geistige Schätze.

Liebe, Freundschaft und Zuneigung hatten in meinem Leben erste Priorität. Doch zu meinem Bedauern musste ich feststellen, dass diese Werte den meisten Menschen nichts bedeuten. Ich glaube an ein Leben nach dem Tod und bin mir sicher, dass unser kurzes Leben hier auf der Erde einer Prüfung unterliegt. Wir müssen einander schätzen und achten lernen ohne an die eigenen Vorteile zu denken. Materielles Denken ist primitives Denken. Diese Erfahrung hat mich siebzig Jahre lang begleitet. Geld und Besitz machen nicht glücklich; es sei denn, man ist bereit zu teilen.

Ich habe gelernt, dass zwischen ›sagen‹ und ›tun‹ Welten liegen. Deshalb vermache ich mein gesamtes Vermögen von derzeit 20 Millionen Dollar meiner engsten Vertrauten Dr. Clarissa Franklin, geboren am 18. Juni 1946 in Boston. Sie hat mich gelehrt, dass die Nächstenliebe das oberste Gebot auf Erden ist, und hat mich auf den Pfad der Weisheit gebracht. Sie plant eine Stiftung für tumorkranke Menschen zu errichten. Ich wünsche der Schirmherrin alles erdenklich Liebe und hoffe, dass sie mit ihrer aufopfernden Hilfe noch viele Menschen glücklich machen wird.
In größter Hochachtung

Abigail Holligan

Ich hatte also Recht mit meiner Vermutung. Dr. Franklin wird nach Mrs Holligans Tod um 20 Millionen Dollar reicher sein.« Justus knetete an seiner Unterlippe. »Was liegt da näher als ihrem Leben ein vorzeitiges Ende zu bereiten.«

»Aber wir haben keine Beweise, Chef.« Peter war nicht sehr zuversichtlich. »Sicher, das Testament ist so formuliert, dass unsere Psychologin das Geld ohnehin bekommt. Auch ohne vorher die Tumorstiftung aus der Taufe zu heben. Wenn sie das überhaupt vorhat.«

»Das wage ich zu bezweifeln.« Justus nahm das Testament aus der Plastikhülle und reichte es Peter zum Fotokopieren, bevor er einen Blick in den anschließenden Nebenraum warf. Auch hier stand ein Schreibtisch, über und über mit Büchern bepackt, deren Titel von ›Moderne Psychologie‹ bis ›Die Macht des Unterbewusstseins‹ reichten. Es war deutlich zu erkennen, dass Dr. Franklin diesen kleinen Raum als Arbeitszimmer nutzte.

Spontan zog Justus eine der kleinen messingbeschlagenen Schubladen auf und bekam sogleich Stielaugen. Er griff hinein und zog ein kleines Diktiergerät hervor. Zwei Tonkassetten mit einem Gummiband umspannt lagen dabei. Der Name auf dem alten abgeriebenen Aufkleber lautete: Metzla. »Na sieh mal an«, waren die einzigen Worte, die er hervorbrachte, bevor er mit dem Diktiergerät in den bereitstehenden Ledersessel plumpste. Mit der Kopie des Testaments in den Händen kam nun auch Peter dazu und sah ihm interessiert über die Schulter. »Was hast du da?« Statt einer Antwort legte der Erste Detektiv die Kassette in das Gerät und drückte auf die Starttaste.

Anfangs war nur ein Rauschen zu hören. Dann vernahmen die beiden das röchelnde Stöhnen und Husten einer alten Frau, der von einer jüngeren gut zugeredet wurde: Dr. Clarissa Franklin und Metzla Holligan!

Den beiden Detektiven lief eine Gänsehaut über den Rücken. Sie saßen mit vor Entsetzen weit aufgerissenen Augen vor dem Diktiergerät und wagten kaum zu atmen. Die Aufnahmequalität ließ zwar etwas zu wünschen übrig, trotzdem konnte man jedes Wort deutlich verstehen: »Ich will nicht mehr ...« Metzla Holligans Stimme drang gequält aus dem billigen Lautsprecher. »Ihr habe ich es zu verdanken, dass ich jetzt hier liege. Sie hat mich mein ganzes Leben provoziert. Und jetzt, wo ich im Sterben liege, da spielt meine Schwester den Samariter ... Abigail ... ich werde nicht eher ruhen, bis du das Zeitliche gesegnet hast, du alte Schlampe ...«

»Den Satz haben wir durchs Telefon gehört!«, rief Peter so plötzlich, dass Justus erschrocken zusammenfuhr.

»Still jetzt«, ermahnte er ihn, denn auf dem Tonband war die Stimme von Dr. Franklin zu hören.

»Ihre Schwester war immer neidisch auf Sie«, meinte die Psychotherapeutin mit einem intriganten Unterton. »Ich an Ihrer Stelle würde mir gründlich überlegen, ob ich ihr auch nur einen Cent vererben würde.«

Metzla Holligans höhnisches Lachen ging in ein ersticktes Husten über. »Nein, nein ... das ist gut so ... Die Firma wird sie in den Ruin treiben ... Geschieht ihr ganz recht, diesem Miststück!«

Justus hatte genug gehört und schaltete das Gerät aus. Es dauerte einige Sekunden, bis Peter seine Fassung wiederfand. »Just, wenn ich das eben recht verstanden habe, dann hat Dr. Franklin Metzla Holligan gegen ihre eigene Schwester aufgehetzt! Eine Sterbehilfe der ganz üblen Art. Oder irre ich mich?«

»Wäre schön, wenn du dich irren würdest, doch wir halten hier die Beweisstücke eines der übelsten Verbrechen in den Händen. Dr. Clarissa Franklin hat Metzla Holligan selbst noch auf ihrem Sterbebett zu Hasstiraden angefeuert, damit sie unserer alten Dame eine große Auswahl der provozierendsten Äußerungen am Telefon vorspielen konnte!«

»Nicht nur am Telefon«, verbesserte Peter. »Auch in der Arztpraxis auf der Toilette. Vermutlich installierte Dr. Franklin dort heimlich einen Lautsprecher, damit ihre übrigen Kollegen glauben sollten, die alte Dame sei tatsächlich verrückt.«

»Wir gehen zurück in unsere Zentrale.« Justus nahm das Diktiergerät mit den Kassetten an sich und verstaute das belastende Material in der Brusttasche seiner Jacke. Sie verließen Dr. Franklins Arbeitszimmer, wie sie es betreten hatten.

Dann eilte der Erste Detektiv zum Schreibtisch des Notars und nahm das Original von Mrs Holligans Testament kurzerhand an sich. Den Aktenordner schob er zurück ins Regal. Anschließend faltete er das Schriftstück und reichte es Peter. »Hier, nimm es an dich. Ich glaube, wir haben genug Beweise. Wir machen uns jetzt auf die Socken, treffen Bob in der Zentrale und dann informieren wir Inspektor Cotta. Ich schwöre dir, noch heute Abend –« Justus hielt schlagartig inne und dachte in diesem Moment, sein Herz müsse stillstehen. Er sah zur Haustür. Leise und unauffällig bewegte sich die Türklinke!

Die Stunde der Wahrheit

Der Erste Detektiv reagierte blitzartig. Augenblicklich gab er Peter ein Zeichen und öffnete geistesgegenwärtig das Bürofenster. Dann huschten beide in Windeseile ins Nebenzimmer. Als einzig alternatives Versteck blieb hier nur der Schreibtisch der Psychotherapeutin. Darunter war es verdammt eng, doch Peter und Justus quetschten sich zusammen und stellten ihre Ohren in Alarmbereitschaft.

Die Schritte, die sie im Nebenzimmer hörten, wurden von dem ausliegenden Teppich stark gedämpft. Dann herrschte für einen Moment tödliche Stille. Plötzlich ertönte Dr. Franklins Stimme. »Wir sind zu spät gekommen! Sie sind durchs Fenster getürmt!«

Jemand lief zum Fenster: »Verdammt! Nichts mehr zu sehen.« Justus identifizierte die Stimme sofort. Er kannte sie schon vom Anrufbeantworter des Notars. Demnach befand sich Dr. Franklin im Nebenzimmer mit Jack Cliffwater.

»Wo ist das Testament?« Die Frage der Psychotherapeutin klang wie ein Befehl.

Peter und Justus hörten, wie eine Akte aus dem Regal gezogen wurde. Dann raschelte Papier. »Verdammt!«, gab der Notar zum zweiten Mal von sich. »Das gibt es doch nicht.«

»Wo ist das Testament?«, schrie Dr. Franklin geradezu hysterisch. Jack Cliffwater begann schwer zu atmen. »Verflucht! Es ist nicht mehr da! Was machen wir jetzt?«

Justus liefen die Schweißperlen von der Stirn und Peter spürte, wie sein Körper vor Angst unkontrolliert zu zittern begann.

»O Gott!« Dr. Franklin stockte. »Mir kommt ein schrecklicher Verdacht! Die Tonbandaufzeichnungen!«

»Wo hast du sie versteckt?«, fragte der Notar sofort.

»Nebenan im Schreibtisch.«

Peter spürte aufwallende Hitze in sich aufsteigen und seine Angst schien sich direkt auf Justus zu übertragen. Dem sonst eher rational veranlagten Ersten Detektiv blieb vor Schreck die Luft weg und sein klares Denken wurde für einige Sekunden ausgeschaltet. Regungslos kauerte er mit dem Zweiten Detektiv unter dem Schreibtisch und blickte Dr. Franklin wie ein in die Enge getriebenes Tier ins Gesicht, als diese an ihren Arbeitsplatz herantrat und die beiden in ihrem dürftigen Versteck entdeckte.

Süffisant und ohne eine Spur der Überraschung trat sie einen Schritt zurück und rief ihren Komplizen zu sich ins Büro. Justus registrierte ein leichtes Zucken um die Mundwinkel des Notars, als dieser der Aufforderung von Dr. Franklin folgte und mit seiner breiten Statur im Türrahmen stehen blieb.

»Na, sieh mal an. Die Mäuse sitzen also in der Falle. Ihr wolltet uns wohl austricksen?« Cliffwaters Augen fixierten Justus für einen kurzen Moment. Dieser Augenblick genügte dem Ersten Detektiv, um seine Fassung wiederzugewinnen. Ächzend kroch er unter dem Schreibtisch hervor und baute sich mutig vor dem Notar auf. »Moment mal, Mister. Sie kenne ich doch.«

Cliffwater verharrte regungslos im Türrahmen. »Ich habe keinen Schimmer, wovon du redest.«

Justus war nicht sicher, ob die Unwissenheit des Notars nur reine Taktik war oder der Wahrheit entsprach. »Wir beide sind vor dem Fahrstuhl zusammengeprallt. Dem Fahrstuhl zur Gesprächspraxis Ihrer wohl vertrauten Bewusstseinsforscherin Dr. Franklin. Und zwar genau an dem Tag, als Mrs Abigail Holligan die Tonbandaufzeichnungen ihrer Schwester Metzla im Waschraum der Praxis vorgespielt wurden. Und zwar von Ihnen!«

Noch immer zeigte der Notar keine Regung.

»Ich bin zwar noch nicht sicher, wie Sie es anstellen konnten, unerkannt im Waschraum einen Lautsprecher zu installieren«, fuhr Justus unbeirrt fort, »doch stützt sich mein Verdacht auf die Theorie, dass Sie Ihre Apparatur im Lüftungsschacht installierten und somit Metzlas Hasstiraden von den Wänden der Damentoilette widerhallten.«

Nun kam auch Peter unter dem Schreibtisch hervor, blieb jedoch vorsichtig hinter dem Ersten Detektiv stehen. Argwöhnisch behielt ihn die Therapeutin im Auge, während sie Justus scharf anfuhr: »Rückt das Testament raus. Und zwar schnell!«

Justus wendete sich der Ärztin zu. »Ich denke nicht daran.« Er grinste provozierend.

Dr. Franklin holte unerwartet aus und verpasste dem Chef der drei ??? eine solch heftige Ohrfeige, dass Justus für einen kurzen Moment taumelte und Mühe hatte, seine Fassung zu bewahren. Selbst John Cliffwater schien die Eigeninitiative seiner Freundin zu überraschen. Er trat einen Schritt vor und strich mit der Hand sanft über ihr erregtes Gesicht. »Aber, aber … beruhige dich, Häschen. Es geht doch sicher auch anders.« Er wandte sich an Justus. »Gib mir das Testament!«

»Ich konnte und wollte es nicht glauben.« Justus rieb seine schmerzende Wange und sah zu Dr. Franklin. »Bis zum Schluss wollte ich es nicht wahrhaben. Als Psychotherapeutin waren Sie Mrs Holligans einzige Vertrauensperson. Warum mussten Sie ihr diesen Terror antun? Sie hätten doch ohnehin alles geerbt.«

»In zehn Jahren?« Dr. Franklin zeigte keine Gefühlsregung. »Oder gar in zwanzig Jahren?«

Nun platzte Peter der Kragen. »Das war es also. Pure Gier.« Entschlossen trat er an die Therapeutin heran. »Wie tief muss man eigentlich sinken, um eine alte Frau, die im Sterben liegt, für solch ein abscheuliches Verbrechen zu missbrauchen. Ihre angebliche Fürsorge Metzla Holligan gegenüber, Ihr persönlicher Einsatz und Ihre Sterbehilfe. Das alles geschah nur aus purer Berechnung. Sie sind wirklich das mieseste Stück, das uns je begegnet ist.«

Hasserfüllt blickte die Frau Peter an. »Reiß dein Maul nicht so weit auf, sonst schiebe ich dir eine Faust rein, an der du erstickst. Und jetzt her mit dem Testament!«

Mit Entsetzen registrierte Justus, wie Dr. Franklin in ihre Rocktasche griff und sich unter dem dünnen Seidenstoff deutlich der Abdruck eines Schlagringes abzeichnete, in dessen Löcher ihre Finger routiniert glitten. Nur mit Mühe gelang es ihm, ruhig und gelassen zu bleiben. »Zuerst möchte ich von Ihnen wissen, wie Sie es angestellt haben, Metzlas Stimme reagieren zu lassen, nachdem sich Mrs Holligan mit dem Kartoffelmesser in den Finger geschnitten hat? Ich meine, das konnten Sie doch unmöglich vorhersehen.«

Justus hatte genau den richtigen Tonfall getroffen. Die innere Spannung der Therapeutin wich und mit einer beinahe übertriebenen Ruhe ließ sie sich auf ihrem Schreibtischsessel nieder, während Mr Cliffwater weiterhin den Fluchtweg blockierte.

»Den kleinen Unfall mit dem Kartoffelmesser konnten wir natürlich nicht vorausplanen. Ich hatte Metzlas Äußerungen im Fieberwahn schon vor Wochen auf Tonband festgehalten. Die Sprachaufnahme stand fest und die Alte hatte das Kartoffelmesser nun mal in der Hand.«

»Jetzt begreife ich!« Justus ließ seine Hand gegen die Stirn klatschen. »Es war purer Zufall, dass sich Mrs Holligan im rechten Moment in den Finger geschnitten hat. Sie konnten nicht ahnen, dass Metzlas Text vom Tonband so ideal passte.« Justus hatte die Hand mit dem Schlagring keine Sekunde aus den Augen gelassen. Nun glitten die Finger der Therapeutin aus dem Schlagring und sie zog stattdessen eine Zigarette aus der Schachtel vor ihr auf dem Schreibtisch. Seelenruhig griff sie nach dem Feuerzeug, steckte sich den Glimmstängel an und blies den blauen Dunst in die Luft. »Das war ein Zeichen. Woher es auch immer kam. Es war ein Zeichen, das Spielchen voranzutreiben. Und ich muss zugeben, die Wirkung war verblüffend. Gezittert hat sie, als sie am nächsten Tag in meine Praxis kam. Sie konnte sich dieses Phänomen nicht erklären.« Dr. Franklin lachte schadenfroh beim Gedanken daran.

»Und der geheimnisvolle Eindringling in Mrs Holligans Haus waren Sie, Mr Cliffwater, richtig?« Vorsichtig ging Peter einen Schritt zurück und lehnte sich gegen den Schreibtisch. »Sie öffneten das Fenster, zerstörten die Scheibe, dass die Scherben nach innen flogen, schlossen das Fenster wieder und flüchteten durch den Speisenaufzug in die Küche, von der aus Sie ungesehen zur Haustür gelangen konnten.«

Mr Cliffwater rührte sich noch immer keinen Millimeter. »Du hast es erfasst.«

»Und wie haben Sie es angestellt, unbemerkt in Mrs Holligans Wohnung einzudringen?«, bohrte Justus unbeirrt weiter. Doch Dr. Franklin ließ es zu keiner weiteren Diskussion kommen. Sie drückte die halb gerauchte Zigarette aus und schob ihre Hand wieder in die Rocktasche: »Jetzt ist Schluss mit der Talkshow. Ich zähle bis drei, und wenn du dann nicht das Testament rausrückst, hole ich es mir selbst.«

Justus spürte ihre Anspannung. Er war nicht sicher, wie lange sich die Therapeutin noch beherrschen konnte, doch so schnell gab sich der Erste Detektiv nicht geschlagen. »Wir werden unsere Aussagen bei der Polizei machen und aus ist es mit der Erbschaft. Sie sind erledigt. Restlos. Ihren Beruf werden Sie beide nie mehr ausüben dürfen und eine saftige Gefängnisstrafe haben Sie auch zu erwarten. Außerdem wird die Presse Sie in der Luft zerreißen.«

»Und zwar zu Recht!« Peter gesellte sich nun zu Justus.

»So. Meint ihr?« Ein überlegenes Lächeln huschte über Dr. Franklins Gesicht. »Dann nehmt den Rat einer erfolgreichen Psychologin an.«

Justus sah die Therapeutin herausfordernd an. »Und der wäre?«

»Irren ist menschlich.«

»Wie meinen Sie das?«, fragte Peter unvermittelt.

»Jack, knall sie ab!«

Peter traute seinen Ohren nicht, doch als er zum Notar blickte, wurde ihm sehr schnell klar, dass er sich nicht verhört hatte. In aller Ruhe griff Mr Cliffwater in die Innentasche seines Jacketts, zog einen Revolver hervor und schraubte diesem einen Schalldämpfer auf.

Peters Mund wurde trocken und er musste kräftig schlucken: »Sie ... Sie sind wahnsinnig.«

»Das wären wir, wenn wir euch laufen ließen.« Dr. Franklin begab sich zum Fenster und zog die Gardinen zu. »Tut mir Leid. Aber eure Leben sind mir keine 20 Millionen Dollar wert!«

Noch nie hatte sich Justus so hilflos gefühlt. Die Situation schien ausweglos zu sein. Plötzlich schoss ihm ein Gedanke durch den Kopf. Was war mit Bob? War es ihm gelungen, sich auf die Spur der Therapeutin und des Notars zu setzen? Wild drehten sich Justus' Gedanken durch den Kopf, während der Lauf des Revolvers direkt in seine Richtung zielte. Er musste Zeit gewinnen. Einen Weg finden, heil und lebend mit Peter aus dieser Höhle des Grauens herauszukommen. Doch ihm fiel nichts Kluges ein. In seiner Not rief er irrsinnigerweise, doch hoffnungsvoll lauthals nach Bob. Aber Dr. Franklins Gesichtsausdruck konnte der Erste Detektiv unmissverständlich entnehmen, dass die zwei auf ihren Freund nicht zählen konnten.

»Was ... was haben Sie mit Bob gemacht?«, stammelte er. »Sir, hören Sie ... seien Sie doch vernünftig!« Justus flehte regelrecht.

Der Notar blieb unbeeindruckt. »Schnauze!«, sagte er nur, während er die Therapeutin ansah und von ihr weitere Befehle erwartete.

»Hör dir an, wie sie um Gnade winseln.« Dr. Franklin nickte ihrem Freund kurz zu. »Mach schon. Knall sie ab!«

Justus und Peter traten vor Angst die Tränen in die Augen, während sie am ganzen Körper unkontrolliert zitterten. Dann krachte ein Schuss. Justus schrie auf und Peter sah, wie sein Freund zusammensackte und regungslos am Boden liegen blieb.

»Nein!« Peter kniete sich neben Justus. An der Jacke sah er deutlich das Einschussloch, das die Kugel hinterlassen hatte. »Was haben Sie getan?«

John Cliffwater hatte seine Waffe gesenkt und blickte ausdruckslos ins Leere. Flehend sah Peter das Pärchen an. Dr. Franklin konnte seinem Blick nicht standhalten und schaute verstört zur Seite. Für lange Zeit herrschte in dem verdunkelten Büro tödliche Stille. Peter kam es wie eine Ewigkeit vor.

Ein berstendes Geräusch ließ die Anwesenden schlagartig zusammenfahren. Dr. Franklin fuhr blitzschnell herum, Cliffwater wurde von den anstürmenden Polizisten, die sich gegen die Tür geworfen hatten, zu Boden gestoßen. Mit der Pistole in der Hand stieg Inspektor Cotta über die Trümmer der Kanzleitür.

Peter reagierte als Erster: »Wir brauchen einen Krankenwagen! Er hat auf Justus geschossen!«

Ehe der Inspektor antworten konnte, schoben sich von hinten Mrs Holligan und Bob an den Polizisten vorbei und bahnten sich einen Weg nach vorn. Mit offenem Mund starrten beide auf Justus, der noch immer regungslos am Boden lag.

Bob hatte den Schuss von draußen gehört. »Wie ... wie geht es Justus?«

»Ausgezeichnet, Kollegen! Ich bin unversehrt!« Ächzend erhob sich Justus und genoss sichtlich die Verwirrung der anwesenden Personen.

Peters Gesicht fiel förmlich zusammen. »Aber, Just . . .«, stammelte er. »Wie . . . wie kann das angehen?«

Der Erste Detektiv griff in die Innentasche seiner Jacke und zog triumphierend das Diktiergerät hervor. »Das Ding ist wohl hin, Dr. Franklin. Die Kugel steckt vermutlich noch drin, denn ich habe keinen Kratzer abbekommen.« Justus reichte dem überraschten Inspektor das zerstörte Aufnahmegerät, an dessen Rückseite deutlich der Einschuss zu sehen war.

Mit einem Klicken schlossen sich die Handschellen um Dr. Franklins und Mr Cliffwaters Handgelenke. Die Beamten nahmen dem Notar die Waffe ab und stellten den Schlagring aus der Rocktasche der Psychologin sicher.

Peter trat zu Inspektor Cotta und nahm das Diktiergerät gründlich in Augenschein. »Alle Achtung«, kommentierte er mit einem erleichterten Grinsen. »Wo im klassischen Western die Bibel herhalten muss, rettet unserem Chef in der Neuzeit ein moderner Mini-Kassettenrekorder das Leben!«

Mrs Holligan brachte keinen Ton hervor. Fassungslos und mit offenem Mund blickte sie das Verbrecherpärchen an und griff Hilfe suchend nach Justus' Hand. »Du hattest Recht«, stammelte sie. »Du hattest von Anfang an Recht mit deinen Vermutungen. Und ich war so töricht zu glauben, dass mein Sohn . . . mein verschollener Sohn hinter all dem Terror stecken könnte.«

Ein kurzes Zucken durchfuhr Dr. Franklin. Der Erste Detektiv löste seine Hand aus der Mrs Holligans und blickte die Psychologin eindringlich an. »Der Brief von Mrs Holligans Sohn, den haben Sie verfasst, richtig?«

Dr. Franklin sah auf den Boden und schwieg.

Abigail Holligan rang nach Luft. »Nein ... das glaube ich nicht.« Im Innersten ihres Herzens spürte sie jedoch, dass Justus mit seiner Vermutung richtig lag. »Aber warum?«

»Um im Falle eines Falles einen Verdächtigen zu haben, auf den sich die Polizei oder, wie in unserem Fall, Detektive konzentriert hätten.« Justus griff erneut in seine Jackentasche und legte die Kassetten des Diktiergerätes vor dem Inspektor auf den Schreibtisch. »Auf diesen Bändern hören Sie den unwiderruflichen Beweis, dass Dr. Franklin und Mr Cliffwater versucht haben Mrs Holligan mithilfe der Stimme ihrer verstorbenen Schwester in den vorzeitigen Tod zu treiben. Die beiden wussten, dass die alte Dame ein ernst zu nehmendes Herzleiden hat, und hofften durch ihren Psychoterror früher an das Erbe zu gelangen. Das Erbe, das dieses Pärchen ohnehin kassiert hätte, wenn es nur noch ein bisschen Geduld gehabt hätte.«

Inspektor Cotta sah Justus verständnislos an. »Das musst du mir später bitte ganz detailliert erklären. Mir scheint, ihr drei seid da wieder einer ganz üblen Sache auf die Spur gekommen.«

Dr. Franklin schluckte. »Es tut mir Leid«, brachte sie mühsam hervor.

»Das klingt wahnsinnig überzeugend.« Der Zweite Detektiv wischte sich die Schweißperlen von der Stirn und gesellte sich zu Bob. Dieser musterte die Psychologin eingehend. »Um es in Ihren Worten auszudrücken, Dr. Franklin: Im Gefängnis bleibt Ihnen genügend Zeit, um Trauerarbeit zu leisten. Da können Sie mal so richtig ›in sich gehen‹.«

»Das genügt«, unterbrach der Inspektor Bob in seinem Plädoyer und gab den Polizisten ein Zeichen. »Führt die beiden ab.«

Mrs Holligan stand noch immer wie angewurzelt da, doch schien ihr eine zentnerschwere Last von der Seele gefallen zu sein.

Die Beamten nahmen Dr. Franklin und Mr Cliffwater in ihre Mitte und führten die beiden aus dem Büro. Plötzlich blieb die Psychologin stehen und drehte ihren Kopf in Bobs Richtung. »Ach, Bob?«

»Ja?«

»Viel Glück.«

»Danke«, antwortete er tonlos und blickte der Psychologin schweigend und irritiert nach.

Die Sonne schien strahlend durch die Wohnzimmerfenster, die Mrs Holligan schon am frühen Morgen mit frischer Energie und Tatkraft geputzt hatte. Als die alte Dame die drei ??? am frühen Vormittag an ihrer Haustür empfing und ins Wohnzimmer führte, sahen Justus, Peter und Bob das ganze Ausmaß von Mrs Holligans neuem Schwung. Die Teppiche waren gesaugt, der Staub gewischt und in allen vorhandenen Vasen steckten die buntesten Blumen, die die Natur in diesem Frühling hervorgebracht hatte.

Die drei Detektive waren am Morgen von Inspektor Cotta in sein Büro gebeten worden, um die letzten Fragen des Falles aufzuklären. Nun saßen sie bei Mrs Holligan am gedeckten Tisch, die die drei Jungs erwartungsvoll und neugierig anblickte. Justus übernahm die Leitung des Gesprächs. »Ich muss gestehen, dass ich den Verdacht gegen Dr. Franklin lange verworfen habe. Das ganze Ausmaß ihres heimtückischen und gewissenlosen

Plans wurde mir offen gestanden erst heute Morgen im Büro von Inspektor Cotta bewusst.«

Mrs Holligan lehnte sich entspannt in ihrem Ohrensessel zurück. »Mir wäre es sehr recht, wenn du die Geschichte von Anfang an erklären würdest. Mir scheint, dass ich heute auf meine alten Tage noch um einige Erfahrungen reicher werde.«

»Wir alle, Madam«, warf Peter ein und fühlte sich zum ersten Mal in diesem Haus wohl und behaglich.

»Ich unterstelle Dr. Franklin, dass sie, als sie sich vor Monaten um Ihre kranke Schwester Metzla gekümmert hat, wirklich sozial engagiert war. Als Psychotherapeutin hatte sie schon viele beachtliche Erfolge erzielt und sie hätte sicherlich auch mit den Gesprächsstunden am Krankenbett Ihrer Schwester weitere Lorbeeren verdient, wenn Metzlas Hass auf Sie sie nicht zu einer teuflischen Idee inspiriert hätte. Die Sache begann, als Metzla von ihrer unheilbaren Krankheit erfuhr und sie daraufhin Dr. Franklins Therapie in Anspruch nahm. Von Metzla und Ihnen, Mrs Holligan, erfuhr die Psychologin, welche Fehde zwischen Ihnen bestand und welches Vermögen Sie hinterlassen würden. Als Dr. Franklin hörte, dass Sie beide noch keine Erben eingesetzt hatten, witterte sie eine Chance, an viel Geld zu kommen.«

»Das ist wahr«, bestätigte Mrs Holligan. »Ich muss sogar zugeben, dass ich schon zu diesem Zeitpunkt mit dem Gedanken spielte, ihr mein gesamtes Vermögen zu vermachen, da ich von ihrer aufopfernden Selbstlosigkeit wirklich überzeugt war.«

»Als Psychologin wird sie das wohl deutlich gespürt haben.« Bob sah sich in Gedanken wieder in ihrem Gesprächsraum sitzen.

»Allerdings!«, fuhr Justus fort. »Und so unterrichtete sie Sie von ihren Plänen, eine Tumorstiftung ins Leben zu rufen. Und vergaß nicht, ganz nebenbei darauf aufmerksam zu machen, dass ihr dazu das nötige Kleingeld fehlte. Daraufhin entschlossen Sie sich Dr. Franklin das gesamte Erbe zu übertragen.« Die alte Dame nickte.

»Die Psychologin erfuhr dann auch von Ihnen, dass Sie zu dem Fest Ihrer Textilfirma eingeladen wurden. Sie schickte also ihren Freund und Liebhaber, Jack Cliffwater, zu dieser Veranstaltung, mit dem Ziel, eine zufällige Bekanntschaft mit Ihnen zu inszenieren, um Sie dann dazu zu verleiten, das Testament aufzusetzen. Das gelang dem Notar auch spielend. Das Testament war so verfasst, dass Dr. Franklin das Gesamtvermögen von 20 Millionen Dollar in jedem Fall zufallen würde, auch wenn sie mit dem Geld keine Tumorstiftung gegründet hätte. Bis hierhin war dieses raffiniert formulierte Testament höchstens verwerflich, jedoch nicht strafbar.«

»Das war wohl ein Fehler«, sagte Mrs Holligan mit einem Unterton von Selbstvorwurf. »Aber ich hatte zu Dr. Franklin absolutes Vertrauen.«

»Allzu verständlich, Madam.« Justus warf der alten Dame einen aufmunternden Blick zu. »Je schwächer Metzla wurde, desto größer wurde ihr Hass gegen Sie. Der Gedanke, dass Sie, Mrs Holligan, nach ihrem Tod noch einige Jahre weiter das Leben genießen konnten, ließ ihren Hass ins Unermessliche steigen. Die Hasstiraden, die sie daraufhin auf Dr. Franklin niederprasseln ließ, brachten die Psychologin schließlich auf den Gedanken, die Flüche, die sie gegen Sie aussprach, heimlich auf Tonband mitzuschneiden.«

»Aber warum?« Fragend blickte Mrs Holligan in die Runde. »Dr. Franklins Liebhaber war pleite, ganz einfach«, kam Peter Justus zuvor. »Das kommt in den renommiertesten Berufen vor. Und da die Psychologin hoffnungslos in den Notar vernarrt war, überlegte sie, wie sie möglichst schnell an die Erbschaft herankommen konnte, um Mr Cliffwater aus der Patsche zu helfen. Sie wusste, dass Sie ein schweres Herzleiden haben, Mrs Holligan, und da kam ihr die teuflische Idee, Metzla nach ihrem Tode mit deren Stimme wieder aufleben zu lassen, um bei Ihnen einen Schock auszulösen, der zum Herzstillstand führen sollte.«

»So furchtbare Absichten kann doch kein Mensch ernsthaft in Erwägung ziehen!« Mrs Holligan richtete sich entsetzt auf und blinzelte Peter durch ihre dicken Brillengläser entgeistert an.

»Leider doch«, entgegnete Justus. »Und die Tatsache, dass Sie sich mit dem Messer aus Versehen in den Finger geschnitten haben und Dr. Franklin genau zu diesem Zeitpunkt den passenden Satz von Metzla auf der Kassette parat hatte, ist so unglaublich und unwahrscheinlich gewesen wie ein Volltreffer im Lotto. Deshalb kam es uns auch überhaupt nicht in den Sinn, diese Lösung in Betracht zu ziehen. Dr. Franklin jedoch lief nun zu Hochform auf: Während der Hypnose stahl sie Ihnen den Schlüssel aus Ihrer Tasche, Mrs Holligan, und ließ mithilfe eines Wachsabdruckes einen Zweitschlüssel davon anfertigen.«

Die alte Dame bekam vor Erstaunen ihren Mund nicht wieder zu.

»Und fortan hatten die beiden ungehinderten Zutritt in Ihr Haus. Hier inszenierten sie weitere Vorgänge, die den Eindruck entstehen lassen sollten, dass Metzla noch immer als rachsüchtiger Geist herumspukte. Mr Cliffwater brachte die Fensterscheibe zum Klirren und installierte unter ihrem Telefontisch einen Lautsprecher, der die Illusion erzeugte, dass die Stimme Ihrer Schwester schon aus dem Telefon drang, ehe Sie überhaupt den Hörer abgenommen hatten.«

»Aber ihr habt den Telefontisch doch gründlich untersucht!« Mrs Holligan warf Justus einen fragenden Blick über den Tisch.

»Allerdings. Zuvor hatte Mr Cliffwater den Lautsprecher jedoch wieder entfernt. Zum Zeitpunkt ihres Anrufes war er in Ihrem Haus. Und als er hörte, wie Sie uns um Hilfe riefen, entfernte er schnell den Lautsprecher und nahm das Testament an sich. Er wusste schließlich genau, in welche Schublade Sie es damals geschoben hatten.«

»Wozu nahm er das Testament denn überhaupt an sich?«

»Mr Cliffwaters Engagement konnte Inspektor Cotta anfangs auch nicht so recht nachvollziehen.« Justus machte ein wichtiges Gesicht. »Doch schließlich konnte er ihn zu einem umfassenden Geständnis bewegen. Der Notar hatte die Idee, dem Testament eine weitere Klausel hinzuzufügen. Und die sollte besagen, dass im Falle eines Todes von Dr. Franklin das gesamte Vermögen an ihn selbst übertragen würde.«

Mrs Holligan wurde bleich. »Soll das etwa heißen, dass Mr Cliffwater vorhatte nach meinem Tod auch Dr. Franklin aus dem Weg zu schaffen?«

Justus nickte. »Geld verdirbt den Charakter. Und die 20 Millionen Dollar wollte der Notar für sich allein besitzen, obwohl sich seine Schulden nur auf einige Hunderttausend beliefen.«

»Demnach hat er Dr. Franklins Liebe nicht erwidert.« Bob schluckte. »Wenn Sie gestern nicht in die Praxis gekommen wären, Mrs Holligan, und Dr. Miller nicht dazu hätten bewegen können, den Therapieraum aufzuschließen, und wenn ich aus der Betäubung nicht rechtzeitig erwacht wäre, hätte der ganze Fall ein böses Ende nehmen können.«

»Hat er aber nicht!« Die alte Dame lächelte verschmitzt. »Als Justus mir gegenüber am Telefon den Verdacht äußerte, dass Bob in Gefahr sein könnte, habe ich mir sofort den Mantel übergeworfen und bin in die Praxis gefahren. Ich war keine Minute zu spät.«

Die drei Detektive lächelten.

»Damit wäre eigentlich alles geklärt«, bemerkte Justus und schielte mit Heißhunger auf die leckeren Speisen, die die alte Dame zur Feier des Tages aufgedeckt hatte.

»Allerdings«, erwiderte Mrs Holligan. »Und jetzt möchte ich endlich die Gelegenheit nutzen, euch allen von ganzem Herzen für eure Hilfe zu danken. Im Nachhinein bin ich wirklich froh darüber, dass ihr euch nicht von mir habt abwimmeln lassen. Die Sache mit der Salamitaktik war wirklich dumm von mir. Zumindest hätte ich sie nicht mit euch in Verbindung bringen sollen. Ihr seid Spitze, Jungs! Und davon sollte sich jeder eine Scheibe abschneiden! Verlasst euch auch in Zukunft nur auf euer Gefühl und ihr werdet sehen, dass ihr damit meist richtig liegt!« Bei diesem letzten Satz sah die alte Dame zu Bob hinüber. Und so, als hätte sie seine Gefühle erraten, zwinkerte sie ihm optimistisch zu.